Sp Scheil
Schield, Cat
Solo seis meses /

34028085881424
ALD $4.99   ocn858362309
                      03/25/14

Solo seis meses

CAT SCHIELD

WITHDRAWN

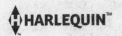

Editado por HARLEQUIN IBÉRICA, S.A.
Núñez de Balboa, 56
28001 Madrid

© 2012 Harlequin Books S.A. Todos los derechos reservados.
SOLO SEIS MESES, N.º 99 - 20.11.13
Título original: The Rogue's Fortune
Publicada originalmente por Harlequin Enterprises, Ltd.

Todos los derechos están reservados incluidos los de reproducción,
total o parcial. Esta edición ha sido publicada con permiso de
Harlequin Enterprises II BV.
Todos los personajes de este libro son ficticios. Cualquier parecido
con alguna persona, viva o muerta, es pura coincidencia.
® Harlequin, Harlequin Deseo y logotipo Harlequin son marcas
registradas por Harlequin Books S.A.
® y ™ son marcas registradas por Harlequin Enterprises Limited y
sus filiales, utilizadas con licencia. Las marcas que lleven ® están
registradas en la Oficina Española de Patentes y Marcas y en otros
países.

I.S.B.N.: 978-84-687-3638-9
Depósito legal: M-24143-2013
Editor responsable: Luis Pugni
Fotomecánica: M.T. Color & Diseño, S.L. Las Rozas (Madrid)
Impresión en Black print CPI (Barcelona)
Fecha impresion para Argentina: 19.5.14
Distribuidor exclusivo para España: LOGISTA
Distribuidor para México: CODIPLYRSA
Distribuidores para Argentina: interior, BERTRAN, S.A.C. Vélez
Sársfield, 1950. Cap. Fed./ Buenos Aires y Gran Buenos Aires,
VACCARO SÁNCHEZ y Cía, S.A.

Capítulo Uno

Paseó entre la multitud bien vestida y dedicó una sonrisa a las personas que lo felicitaron. Era alto y fuerte, y la mitad de las mujeres lo miraban con deseo. Él, por su parte, fingió no ser consciente del revuelo que causaba su presencia en aquella subasta de excelente vino.

Estudió la sala como un agente del servicio secreto y su mirada penetrante fue lo único que lo delató, no estaba tan relajado como parecía.

Casi nadie se daría cuenta de que Roark Black tenía los nervios de punta. La mayoría de las personas allí reunidas no tenían un radar para los tipos peligrosos.

Elizabeth Minerva sí.

—¡Se están acabando las gambas! —le advirtió Brenda Stuart, su nerviosa ayudante.

Elizabeth apartó la mirada del guapo aventurero y se llevó las manos a las caderas.

—Acabo de mirar, y quedan gambas —respondió en tono impaciente.

Había champán y canapés de sobra.

—¿Por qué no te preparas un plato con un poco de todo y vas a relajarte un rato? —le preguntó, intentando deshacerse de ella.

Josie Summers, la jefa de Elizabeth, le había encasquetado a Brenda porque, como siempre, había subestimado su capacidad. Era el segundo evento al que Brenda acudía con ella y era evidente que no estaba preparada para codearse con los ricos y famosos de Manhattan.

–No puedo relajarme –exclamó Brenda en voz demasiado alta, captando la atención de dos mujeres–. Y tú tampoco deberías hacerlo.

Elizabeth sonrió con serenidad y agarró a Brenda del brazo.

–Lo tengo todo controlado. La subasta empezará dentro de media hora. ¿Por qué no te marchas a casa?

–No puedo –respondió Brenda, mientras iban en dirección a la zona en la que se organizaba la comida.

–Por supuesto que puedes –insistió Elizabeth–. Esta semana ya has trabajado muchas horas. Te mereces un descanso. Y yo puedo ocuparme de esto sola.

–Si estás segura…

No era la primera fiesta que Elizabeth supervisaba en los tres años posteriores a su graduación y desde que estaba trabajando para Event Planning, la empresa de organización de eventos de Josie Summers. Aunque sí era cierto que era la primera con invitados tan importantes y la primera en la que había sentido un cosquilleo en el estómago antes de que empezase a llegar la gente y hasta que había oído hacer comentarios positivos acerca del elegante salón.

–Estoy segura –insistió–. Vete a casa, a acostar a tu preciosa hija.

Eran más de las diez y lo más probable era que la hija de Brenda, que tenía seis años, ya estuviese dormida, pero Elizabeth sabía que la niña lo era todo para su compañera de trabajo. De hecho, eso era lo único que le gustaba, y que envidiaba, de ella.

–De acuerdo. Gracias.

Elizabeth esperó a que Brenda hubiese recogido su bolso y se hubiese marchado para volver a la fiesta.

–Hola.

Casi se había olvidado de Roark Black en los diez minutos que había estado hablando con Brenda, pero allí lo tenía, muy cerca, con el hombro apoyado en una de las anchas columnas del salón.

Elizabeth se maldijo. Aquel hombre tenía una energía increíble. Prácticamente, irradiaba masculinidad y peligro. Iba vestido de esmoquin, pero no se había puesto pajarita y se había dejado el primer botón de la camisa blanca desabrochado. Su aspecto, desenfadado y sexy, hizo que se le acelerase el pulso.

«Recuerda que has dejado de salir con chicos malos», se dijo.

Y Roark Black era un chico muy malo.

No obstante, un rato antes, Elizabeth se había preguntado cómo sería enterrar los dedos en su grueso pelo castaño.

–¿Necesita algo? –le preguntó ella.

Él sonrió de medio lado.

–Pensé que no me lo iba a preguntar nunca.

Su tono la invitó a sonreír. Roark la recorrió con la mirada y ella tragó saliva.

–¿Qué le apetece? –volvió a preguntar Elizabeth, arrepintiéndose nada más hacerlo.

–Cariño…

–Elizabeth –respondió ella, en tono profesional y tendiéndole la mano–. Elizabeth Minerva. Organizadora del evento.

Pensó que él le daría la mano con firmeza, pero, en su lugar, se la agarró con cuidado, le puso la palma hacia arriba y apoyó en ella su dedo índice. Elizabeth se puso tensa.

–Roark –le dijo él, mirándole la mano–. Roark Black–. Tienes una línea con muchas curvas.

–¿Qué? –inquirió ella.

–La línea de la mano –le explicó Roark, pasando el dedo por su palma–. Mira. Una línea con muchas curvas significa que te gusta jugar con ideas nuevas. ¿Es cierto, Elizabeth?

–¿El qué? –volvió a preguntar, aturdida.

–¿Te gusta jugar con ideas nuevas?

Elizabeth se aclaró la garganta y apartó la mano de la de Roark. Este sonrió y ella se ruborizó.

–Me gusta decorar salones para fiestas exclusivas, si es eso a lo que se refiere.

No era eso. La sonrisa de suficiencia de Roark respondió por él.

—Me gusta cómo ha quedado este.

Elizabeth, que prefería hablar de su trabajo a hablar de ella, se cruzó de brazos y miró a su alrededor.

—Era solo una sala con el suelo y las paredes blancas. Y esas increíbles ventanas en forma de arco, que tienen unas vistas espectaculares —añadió, señalándolas con la esperanza de que Roark apartase la vista de ella.

—He oído que se te ocurrió la idea de hacer una presentación en honor a Tyler.

Tyler Banks había fallecido el año anterior y había sido un hombre muy poco querido, así que nadie había sabido que, durante la última década, había estado detrás del veinte por ciento de todas las donaciones que se habían hecho en la ciudad de Nueva York.

—A pesar de que en vida no quiso que nadie se enterase de su generosidad, ha ayudado a muchas personas, así que pensé que se lo merecía.

—Guapa y, además, lista —comentó Roark, devorándola con la mirada—. Me he quedado prendado.

Y lo mismo le había ocurrido a ella. Lo normal. Siempre le habían gustado los chicos malos. Cuanto peores eran, más le gustaban.

Por lo que había leído y oído de Roark Black, había esperado encontrarse con un hombre arrogante y estúpido. Guapo y sexy también, pero de dudosa ética. La clase de hombre por la que se habría vuelto loca un año antes.

Pero después de lo ocurrido con Colton en octubre había jurado por la tumba de su hermana que no volvería a salir con ningún hombre así.

–Pues le sugiero que se desprenda, señor Black –le replicó.

–¿No te gusto? –preguntó él con toda tranquilidad, casi dispuesto a aceptar el reto.

–No lo conozco.

–Pero ya tienes una opinión de mí. ¿Te parece justo?

¿Justo? Elizabeth no creía que él quisiese ser justo. De hecho, sospechaba que si le seguía la corriente, terminaría con él en un cuarto de baño, con la falda a la altura de las orejas.

Muy a su pesar, sintió un cosquilleo entre los muslos.

–He leído cosas.

–¿Qué clase de cosas?

Él era el motivo de aquella fiesta. Si no hubiese convencido a la nieta de Tyler para que permitiese que Waverly's sacase a subasta la colección de botellas de vino de su abuelo, Elizabeth no habría estado allí.

De repente, deseó haber mantenido la boca cerrada. Aquel hombre parecía demasiado seguro de sí mismo. Tenía una personalidad demasiado fuerte. Y ella había ido allí solo a trabajar.

–Cosas.

Él arqueó las cejas.

–No tires la piedra y escondas la mano.

–Mire, en realidad no es asunto mío, y tengo que seguir controlando que la fiesta transcurra bien.

Roark cambió de postura y le bloqueó el paso.

–Antes tienes que responder a mi pregunta –le dijo–. Tienes una opinión acerca de mí y quiero oírla.

–No comprendo el motivo.

Elizabeth había oído que le daba igual lo que pensasen o dijesen de él. Hacía las cosas sin preocuparse por las normas, ni por lo que era correcto o incorrecto. Y a pesar de que ella se había prometido que se mantendría alejada de los chicos malos, la seguridad de aquel la atraía.

–Digamos que eres la primera mujer en mucho tiempo que no finge hacerse la dura. Creo que piensas lo que dices –comentó, acercándose más–. Y me gustaría escucharlo.

–Waverly's tiene problemas –balbució ella, aturdida–. Y si se viene abajo, usted podría ser el motivo.

Arrepentida de lo que acababa de decir, contuvo la respiración y esperó la respuesta.

–¿Y dónde has leído eso? –le preguntó él, que no parecía ni sorprendido ni molesto por su declaración.

–Lo siento –murmuró Elizabeth–. No es asunto mío. Debería volver a mi trabajo.

–No tan rápido –la contradijo él, que de repente ya no parecía tan encantador, sino que estaba tenso–. Me debes una explicación.

–No tenía que haber dicho eso.

–Pero lo has hecho.

Elizabeth se estremeció, pero no de miedo, sino de deseo.

–Mire…

Antes de que le diese tiempo a explicarse vio aparecer a Kendra Darling, que había sido su compañera del colegio y que, además, era la secretaria de Ann Richardson, directora ejecutiva de Waverly's.

–Señor Black, Ann me ha pedido que venga a buscarlo.

–¿No puede esperar? Estaba charlando con Elizabeth.

Kendra abrió mucho los ojos al darse cuenta de a quién había arrinconado Roark con su carismática presencia.

–Es importante –contestó–. Han venido unos agentes del FBI a hablar con usted.

Roark apretó los dientes, molesto, y se apartó de Elizabeth.

–Dile a Ann que tardaré un par de minutos.

–Creo que quiere que vaya ahora mismo.

En otras palabras, que la secretaria quería que fuese con ella. Estaba acostumbrada a lidiar con clientes adinerados, en ocasiones difíciles, no con el FBI. Si no, habría sabido que el FBI se dirigía a él siempre que ocurría algo cuestionable con alguna antigüedad procedente de Oriente Medio. Había sido objeto de investigación, pero también el experto que había ayudado a encontrar a los ladrones.

Roark miró a Elizabeth por última vez. La impresionante rubia no se había movido de donde estaba mientras él hablaba con la secretaria de Ann. De hecho, parecía estar a punto de derretirse allí mismo.

Él pensó en la de veces que había tenido una reliquia en sus manos y se había dado cuenta inmediatamente de si era una obra auténtica o una excelente falsificación. Nunca se había equivocado, a pesar de proceder después a su cuidadosa autentificación.

Con Elizabeth le había ocurrido lo mismo. Había tomado su mano y se había dado cuenta de que era auténtica. No había ningún artificio, ningún juego. Lo que había entre ambos era pura atracción. E iba a ser suya.

–Luego terminaremos esta conversación –le aseguró.

Ella lo contradijo con la mirada.

–¿Señor Black?

Roark se alejó de la menuda organizadora de eventos, que tenía un cuerpo delicioso y unos ojos azules oscuros imposibles de olvidar, y fue hacia las dos personas que flanqueaban a Ann. Esta, al contrario que su secretaria, no parecía preocupada por la presencia del FBI. Su capacidad para estar tranquila bajo presión era una de las cosas que más le gustaban a Roark de la directora ejecutiva de Waverly's.

Esta lo miró a los ojos al ver que se acercaba y sonrió.

–Roark. Te presento a los agentes especiales Matthews y Todd. Les gustaría hacernos unas preguntas, en privado.

Roark los miró y reconoció a Todd de vista, a pesar de no haber hablado nunca con él. La agente Matthews era nueva, alta y delgada, con el pelo moreno y largo, y lo miraba como si viese en él la clave de un ascenso.

–Podemos hablar en la terraza –les dijo, quitándose la chaqueta para ponérsela a Ann en los hombros.

Elizabeth también había pasado por allí y la había adornado de manera muy romántica.

Después de pasar tres meses en la selva, Roark agradecía el fresco de aquella noche de noviembre, así como las luces de Manhattan. La ciudad solía resultarle demasiado aburrida para su gusto, pero no podía negar que, de noche, resplandecía.

En cuanto la puerta se cerró tras ellos, preguntó:

–¿En qué podemos ayudarles?

–Se trata de la estatua del Corazón Dorado que ha desaparecido de Rayas –dijo el primer agente del FBI–. Tenemos un informe del príncipe Mallik Khouri según el cual un hombre con la misma constitución que el señor Black robó la estatua de sus habitaciones del palacio real.

–No es posible que piensen que Roark robó la estatua –protestó Ann, a pesar de que no le sorprendió que lo acusasen.

–Tenemos entendido que estuvo en Dubái por esas fechas –añadió la agente Matthews–. No sería imposible para un hombre con su talento… ir a Rayas, entrar en el palacio y robar la estatua.

–Es cierto, podría haberlo hecho.

–Pero no lo harías –intervino Ann, mirándolo muy seria.

–Lo siento, pero no podemos creer en su palabra –añadió el agente Todd.

–No hay ninguna prueba que incrimine a Roark –dijo Ann con total convicción.

–El ladrón cometió el error de jurar durante el robo –admitió Matthews mirando a Roark–. Al parecer, tenía una voz profunda y muy peculiar. Asegura que es la suya, señor Black.

–Nos vimos brevemente una vez en Dubái, hace varios años. Dudo que recuerde mi voz.

No obstante, Roark supo que era el perfecto chivo expiatorio. Y Mallik tenía otro motivo para sospechar que Roark podía haber entrado en sus habitaciones de palacio.

–¿Cómo es que no habíamos tenido noticias de ese robo hasta ahora? –preguntó.

–Al príncipe Mallik le daba vergüenza contarle a su sobrino, el príncipe heredero, que no había conseguido detener al ladrón –comentó Matthews arqueando las cejas–, pero está convencido de que fue usted.

–Pues se equivoca –replicó Roark.

Ann le puso la mano en el brazo y dijo en tono calmado, pero firme:

–Conozco al príncipe Mallik. Me pareció un hombre honesto y amable. No obstante, en mitad de la pelea, llevado por la adrenalina y exaltado, pudo pensar que había oído la voz de Roark. ¿No llevaba máscara el ladrón?

Ann no esperó a que los agentes respondiesen.

–A lo mejor la máscara distorsionó la voz.

Roark tuvo que esforzarse en mantener la calma.

–¿Han interrogado a Dalton Rothschild acerca del robo?

El dueño de la casa de subastas rival llevaba mucho tiempo intentando fastidiar a Waverly's.

–Tiene cuentas pendientes con Waverly's y no descartaría que hubiese enviado a uno de sus subordinados a Rayas, a robar la estatua y después culparme a mí.

–Dalton Rothschild no comparte sus controvertidos métodos para conseguir antigüedades, señor Black –le respondió Matthews–. No tenemos ningún motivo para interrogarlo en referencia a este asunto.

Por supuesto que no. A Roark no le habría sorprendido que hubiese sido el propio Rothschild quien lo hubiese señalado a él ante el FBI.

Mientras Ann acompañaba a los agentes a la puerta, Roark se quedó en la terraza y dejó que el aire le disipase la ira. A través de los enormes ventanales, buscó a Elizabeth Minerva. Se movía entre la multitud como un espectro, con el pelo rubio recogido en un impecable moño y su increíble figura enfundada en un sencillo vestido negro de manga larga.

La ira se transformó en deseo en cuestión de segundos. Había sentido desasosiego nada más verla, una hora antes. Las rubias de baja estatura, curvilíneas, no eran su tipo. Prefería las mujeres altas y delgadas, con los ojos negros y brillantes y la piel dorada. Era todo pasión, cuando se trataba de antigüedades y de hacer el amor.

Sus apetitos sexuales romperían a una criatura tan delicada y grácil como Elizabeth.

—Roark, ¿qué estás mirando?

Ann había vuelto a la terraza sin que él se diese cuenta y estaba a su lado. Roark se maldijo. En otras circunstancias, aquel descuido podría haberle costado la vida.

—¿Cómo puedo ponerme en contacto con la organizadora de la fiesta? —preguntó.

—Se ha encargado de todo mi secretaria —respondió ella, sorprendida por la pregunta—. Te enviaré un correo electrónico con la información.

–Estupendo. En un par de semanas tendremos otro motivo de celebración.

–¿Te refieres a la estatua del Corazón Dorado? –le preguntó Ann–. ¿Estás seguro de que no es la robada?

–¿Me estás preguntando si la he robado yo?

–Por supuesto que no, pero ¿estás seguro de que la fuente de la estatua es completamente legítima?

–Estoy seguro –le aseguró Roark–. Puedes confiar en mí.

–Lo sé, pero con esta nueva acusación, debemos tener más cuidado que nunca –le advirtió ella, relajándose un poco.

Y Roark no era precisamente cuidadoso.

–Necesito que me traigas la estatua –continuó Ann–. Pienso que la manera más rápida de solucionar este asunto es llevar la estatua a Rayas y permitir que el jeque compruebe que no es la que robaron de palacio.

–No lo es.

–Ni el FBI ni el príncipe heredero, Raif Khouri, van a creer en tu palabra –le advirtió ella con firmeza–. Has estado tres meses fuera, Roark. Waverly's está metida en un buen lío.

Había estado fuera, pero estaba enterado de todo. Roark sabía del escándalo que había sacudido la casa de subastas y a Ann Richardson. Su hermanastro, Vance Waverly, estaba convencido de que la directora ejecutiva nunca había tenido una relación personal con Dalton Rothschild y que los rumores de que ambas casas fijaban precios de manera ilegal tampoco eran ciertos. Roark estaba seguro de que Vance confiaba en Ann, pero no estaba convencido de que la adquisición hostil de Waverly's por parte de Rothschild fuese solo un rumor. Tampoco estaba seguro de que Ann no se hubiese enamorado de Dalton. Lo que significaba que tampoco estaba seguro de poder confiar en Ann.

–Es importante aclarar el tema de la estatua –continuó Ann, devolviéndole la chaqueta.

–Lo comprendo, pero traer la estatua rápidamente va a ser un problema.

–¿Qué quieres decir?

–Quiero decir que, con toda la publicidad que la rodea y sabiendo que Rothschild haría cualquier cosa por causarnos problemas con la subasta, me parece más importante que nunca salvaguardarla.

–Tráela aquí lo antes posible. O podría ser demasiado tarde para salvar Waverly's.

A Roark le sonaba la determinación de Ann. Él resolvía las dificultades con la misma resolución. Ese era en parte el motivo por el que estaba dispuesto a hacer lo que fuese necesario para salvar Waverly's.

La acompañó al salón pensativo. Mientras se ponía la chaqueta, se dio cuenta de que lo estaba observando un miembro muy influyente de la junta directiva de Waverly's. El hombre tenía algo que suscitó su curiosidad. Roark tomó una copa de champán de la bandeja de un camarero que pasaba por su lado y se acercó a él.

—Has conseguido una buena colección —comentó George Cromwell—. No tenía ni idea de que Tyler fuese un experto.

—Era un hombre con muchos secretos.

Cromwell levantó su copa.

—Brindemos por que se haya llevado la mayoría de ellos a la tumba.

Roark sonrió de manera educada y se notó impaciente. No sabía si estaba equivocado, o paranoico, pero tenía la sensación de que allí pasaba algo.

—¿Qué estaba haciendo aquí el FBI? —le preguntó Cromwell.

Roark se dio cuenta de que su instinto no le había fallado y eso lo alivió.

—Habían recibido una información equivocada y han venido a aclarar el tema —le dijo.

—¿Y lo han aclarado?

Roark no iba a mentir.

—Creo que siguen teniendo dudas.

Cromwell se puso serio.

—Me preocupa el futuro de Waverly's.

—¿Y eso? —preguntó Roark, bebiendo de su copa y fingiendo indiferencia.

—Se han hecho ofertas a varios accionistas de Waverly's para que vendan sus acciones.

—Deja que lo adivine —comentó Roark molesto—. ¿Rothschild?

—Sí.

–Eso no nos interesa.

–Con los problemas que está teniendo Waverly's últimamente, hay a quien le preocupa que se esté dirigiendo mal –dijo Cromwell, dando su opinión y buscando información al mismo tiempo.

No todo el mundo sabía cuál era en realidad la relación que había entre Roark y Vance Waverly, pero algunas personas sí sabían que eran hijos del mismo padre. Si Cromwell pensaba que le iba a contar lo que sabía acerca de los problemas de Waverly's, estaba muy equivocado.

–Eso es ridículo. Ann es la persona adecuada para dirigir Waverly's. Los problemas que han surgido en los últimos tiempos solo se deben a una persona: Dalton Rothschild.

–Es posible, pero tus actividades más recientes tampoco han ayudado.

Roark guardó silencio. No le serviría de nada protestar.

–Lo que hago es completamente legal y legítimo –dijo por fin.

–Por supuesto –admitió el otro hombre–, pero en los negocios no siempre interesan los hechos. Los mercados suben y bajan a causa de la percepción que tienen las personas de lo que está ocurriendo.

–¿Y cómo se me percibe a mí?

–Como a un hombre demasiado despreocupado, tanto en tu vida profesional como en la personal.

Roark no podía contradecirlo. Se dejaba llevar por sus necesidades y deseos. No solía tener a otras personas en cuenta, pero el comentario de Cromwell le tocó una parte sensible que ya le había herido un rato antes la rubia que había organizado la fiesta.

La buscó con la mirada. Sabía dónde estaba. No podía ignorar su presencia.

Se sintió satisfecho al sorprenderla mirándolo. Le guiñó un ojo y sonrió, y ella se giró rápidamente hacia un camarero que pasaba por su lado.

Ajeno a la momentánea distracción de Roark, Cromwell continuó:

–Pienso que podrías demostrar que estás comprometido con Waverly's. Yo podría convencer a los demás miembros de la junta de que Vance, Ann y tú sois el futuro que todos queremos.

–¿Y cómo sugieres que lo haga?

–Demuéstranos que has sentado la cabeza.

Eso implicaba posponer cualquier operación arriesgada. No era tan fácil. En esos momentos estaba intentando conseguir algo único: la segunda cabeza de leopardo que había adornado en el pasado el trono del sultán Tipu, un objeto muy importante en la historia india e islámica. La primera cabeza, con incrustaciones de diamantes, esmeraldas y rubíes, había aparecido en un contenedor olvidado en Winnipeg, Canadá, y había sido subastada varios años antes.

El comprador había resultado ser un coleccionista de arte de Oriente Medio, que le había ofrecido a Roark la posibilidad de acceder a los documentos que tenía en su biblioteca privada a cambio de que encontrase la segunda cabeza de leopardo. Para Roark, la información que había en dicha biblioteca valía mucho más que el medio millón de dólares que aquel hombre le había ofrecido como recompensa.

Recorrió la fiesta con la mirada hasta que encontró a Ann Richardson.

—Tenía planeado marcharme de Nueva York en un par de días.

—Pues no es buena idea, si te preocupa el futuro de Waverly's.

Roark se puso tenso ante semejante responsabilidad.

—Tengo negocios pendientes en Dubái.

—¿Y piensas que es sensato que te marches de Nueva York con el FBI pendiente de ti? —le preguntó George Cromwell—. Quédate en Nueva York y demuestra que tu vida personal se ha estabilizado.

—¿Cómo?

—Si pudieses tener una relación estable con una mujer, todo el mundo se convencería de que eres el hombre que necesitamos al mando.

Roark se sintió como si acabasen de ponerle una soga al cuello, pero mantuvo el cuerpo relajado. Encontrar al amor de su vida no era fácil para una persona a la que le apasionaba el peligro y la aventura. Ninguna mujer, por rubia, atractiva y encantadora que fuese, podría competir con eso.

Pero el futuro de Waverly's dependía de que él diese una imagen de estabilidad y confianza. Necesitaba a una mujer que hiciese el papel de novia. Alguien que comprendiese que aquello era por el bien de Waverly's.

Así, cuando lo suyo terminase, él no tendría que preocuparse de haberle roto el corazón.

Sonrió.

–Es curioso, porque precisamente llevo un tiempo saliendo con alguien y estábamos a punto de hacer pública nuestra relación –mintió.

–Estupendo –dijo Cromwell, sonriendo con alivio–. Tráela a cenar mañana y hablaremos con más detalle de tu futuro.

–Por supuesto.

–¿Y cómo se llama la afortunada?

–Elizabeth –respondió Roark.

Si tenía que salir con alguien, sería con una mujer que lo intrigase.

–Elizabeth Minerva.

Capítulo Dos

Elizabeth casi ni se dio cuenta del ambiente que se respiraba en los despachos de Event Planning, la empresa de Josie Summers, mientras recorría los pasillos. Iba con un café en la mano y dio las gracias a las compañeras que la felicitaron por el éxito de la fiesta de la noche anterior. Normalmente, las felicitaciones la animaban. Había trabajado muy duro para ser la mejor y disfrutaba del prestigio que eso le otorgaba.

Había tenido éxito desde que había empezado a sumergirse en su trabajo un año antes, después de la muerte de su hermana. Estando ocupada no tenía tiempo para deprimirse, aunque pronto se había dado cuenta de que no podría estar constantemente agotada.

Necesitaba tener vida privada, pero tenía tan mal gusto para los hombres, que siempre le habían causado más dolor que felicidad.

Al perder a su hermana, su cuñado y su sobrina en un accidente de tráfico, se había dado cuenta de lo sola que se había quedado. Sus padres se habían mudado del norte del estado de Nueva York a Oregón cuando ella estaba en el primer curso de la universidad. De eso hacía siete años, y nunca habían vuelto a la Costa Este.

Al principio, Elizabeth se había sentido abandonada, pero después había llegado a Nueva York y se había enamorado. No de un hombre, sino de la ciudad. Y nunca se había sentido sola.

Sobre todo, porque había sabido que tenía a su hermana a un par de horas en tren. No obstante, tras la muerte de Stephanie, su corazón se había quedado vacío. Lo que quería era una familia, pero en eso no estaba teniendo tanta suerte como en el trabajo. Había intentado hacerse dos fecundaciones in vitro, pero ambas habían fracasado.

No tenía dinero y su sueño de ser madre tampoco se haría realidad ese año.

Se le encogió el corazón al pensarlo.

Tenía que sentirse feliz. El triunfo de la noche anterior era otro escalón más de su carrera profesional, pero ¿de qué le servía trabajar tan duro cuando el motivo por el que lo hacía era para poder criar a un hijo que no conseguía concebir?

Tal vez tendría que haber sido más positiva durante la segunda fecundación in vitro. Tenía que haber mantenido la esperanza. Tenía que haberse pasado el día y la noche imaginándose con un bebé en brazos, en vez de preparándose para la decepción. Tal vez, si lo hubiera hecho, las cosas habrían salido mejor.

Si su hermana hubiese podido oírla, habría estado de acuerdo. Stephanie siempre había sido muy positiva, desde el instituto. La primera de su clase, jefa de las animadoras, capitana del equipo de voleibol. Stephanie siempre había conseguido todo lo que se había propuesto.

¿Qué habría dicho si la hubiese visto compadeciéndose de sí misma? Que tomase una hoja de papel y escribiese su objetivo en lo más alto, y que después hiciese una lista de las cosas que podía hacer para conseguirlo.

Elizabeth dejó el bolso en un cajón y colgó el abrigo. Se sentó delante del escritorio, tomó un cuaderno y escribió *Maternidad*. Y debajo garabateó varios símbolos del dólar.

¿Cómo poder permitirse más fecundaciones in vitro? Ahorrando dinero hasta tener el suficiente para poder volver a intentarlo, pero no podía gastar menos de lo que gastaba ya. Vivía en un apartamento pequeño, con vistas al edificio de enfrente. Lo que necesitaba era aumentar los ingresos. ¿Y cuál era la manera más rápida de hacerlo? Pedirle a Josie que la hiciese su socia. Hacía entrar más dinero en la empresa que el resto de sus compañeras juntas. Había llegado el momento de recoger el fruto de su duro trabajo.

Más segura de sí misma que cuando había salido de casa, una hora antes, Elizabeth fue hacia el despacho de su jefa.

–Josie, ¿tienes un minuto?

Josie Summers, que tenía cincuenta y ocho años y estaba sentada como una reina en el sofá de color crema de su enorme despacho, se estaba tomando un café. Encima del escritorio había un jarrón lleno de rosas, las rosas con el tallo más largo que había visto Elizabeth en toda su vida. Al parecer, a su jefa le iba bien con su novio.

–Querida, tenemos otro triunfo.

–Todo el mundo parecía divertirse –comentó Elizabeth–. Recaudaron tres millones de dólares en la subasta, para la investigación del cáncer infantil.

Se sentó al lado de Josie y aceptó la taza de café que esta le ofrecía.

–Kendra me ha llamado esta mañana y me ha dicho que su jefa está muy contenta con cómo organizamos el evento.

A pesar de que Josie no había participado en la organización, Elizabeth la incluyó en el éxito.

–Es normal –dijo Josie, cruzándose de piernas e inclinándose hacia delante para servir café en una segunda taza. Bebió y miró a Elizabeth por encima del borde–. Event Planning, de Josie Summers solo ofrece sublime perfección.

–Por supuesto –respondió Elizabeth, a la que no le sentaba bien que su jefa quisiese llevarse todo el mérito, pero necesitaba el trabajo y quería conservarlo.

–Esta mañana he recibido ya media docena

de llamadas para futuros eventos gracias al trabajo que hicimos anoche.

Los diamantes de los pendientes de Josie brillaron.

–Event Planning, de Josie Summers, es la mejor empresa de organización de eventos de Nueva York. Y ya iba siendo hora de que todo el mundo se diese cuenta.

Gracias al duro trabajo de Elizabeth. Esta se obligó a sonreír.

–Eso es estupendo. Y, en parte, es de lo que quería hablarte esta mañana…

–Ah, y ha llegado eso para ti –añadió Josie, señalando las rosas–. Me las han traído a mí por error.

Elizabeth miró el enorme ramo y se sintió extrañamente aturdida. Era la clase de ramo que un hombre enviaba a la mujer a la que amaba.

–¿Para mí?

Josie tomó una pequeña tarjeta blanca y se la tendió.

–Al parecer, tienes otro admirador.

A Elizabeth no le gustó que su jefa ya hubiese leído la tarjeta, pero contuvo el resentimiento. Sacó la tarjeta del sobre y leyó el mensaje:

Tengo una propuesta que me gustaría discutir contigo. RB.

Elizabeth se podía imaginar el tipo de propuesta que querría hacerle Roark Black. Recordó cómo la había mirado la noche anterior y notó calor en las mejillas. Consciente de la ávida curiosidad de su jefa, mantuvo la expresión impasible a pesar de no poder evitar preguntarse cómo besaría el enigmático aventurero. ¿Cómo sería tener sus manos recorriéndole el cuerpo como si de un valioso objeto se tratase?

–¿Elizabeth?

–¿Umm?

Josie parecía divertida.

–¿Quién es RB?

Ella se clavó las uñas en la palma de la mano para intentar tranquilizarse.

–Roark Black.

–¿De verdad? No sabía que lo conocieses.

–Estaba anoche en la subasta y se quedó impresionado con la fiesta. Tal vez quiera contratarme.

–Es un comienzo –comentó Josie–. Pero es la primera vez que dos docenas de rosas acompañan a una oferta de empleo.

–El señor Black es un hombre singular.

–Con gustos singulares, supongo.

Elizabeth respondió con una sonrisa tensa.

–Será mejor que lo llame –contestó, poniéndose en pie para marcharse lo antes posible de allí.

Estaba a punto de llegar a la puerta cuando su jefa la detuvo.

–No olvides las rosas.

–Qué tonta –murmuró ella entre dientes.

–Y cuéntame lo que tiene en mente. Es la oportunidad que había estado esperando para empezar a ser la organizadora de eventos de los ricos y famosos.

–Gracias a mí –susurró Elizabeth.

Ya estaba fuera del despacho de Josie cuando se dio cuenta de que la propuesta de Roark Black la había distraído de su idea de pedirle a su jefa formar parte de la empresa. ¿Cuánto tiempo más iba a tener que seguir levantando el negocio de Josie sin recibir la recompensa que se merecía?

Dejó las rosas en su escritorio y marcó el número de teléfono que había en la tarjeta de Roark.

–Hola, Elizabeth.

Ella se estremeció al oír aquella voz profunda, que parecía divertida. Se dejó caer en su sillón y cerró los ojos para concentrarse mejor en su seductora voz.

–Hola, señor Black –le respondió, en tono menos profesional de lo que le habría gustado–. Gracias por las rosas.

–Roark –la corrigió él–. Me alegro de que te hayan gustado.

Ella no había dicho eso.

–Son preciosas.

–Unas rosas preciosas para una mujer preciosa.

Elizabeth notó un cosquilleo en el estómago y calor por todo el cuerpo.

–¿Decías en la tarjeta que tenías un trabajo para mí?

–Una propuesta –la corrigió él.

–¿Qué clase de propuesta?

–Me gustaría que lo hablásemos en persona.

Y ella prefería hacerlo por teléfono.

–¿Quieres pasarte por mi despacho esta tarde?

–Yo había pensado que vinieras tú a mi casa. ¿Qué tal dentro de una hora?

–A tu casa…

–¿No visitas las casas de tus clientes cuando vas a organizarles una fiesta?

–¿Quieres organizar una fiesta? –preguntó ella, aliviada.

–Por supuesto –contestó él, divertido–. ¿Qué pensabas que quería?

Qué hombre tan arrogante.

Elizabeth se recordó que aquello era un negocio y que ella era una mujer de negocios. No era la primera vez que trabajaba con un cliente exigente. Que Roark Black fuese guapo y peligrosamente excitante no era motivo para dejar que su instinto le jugase una mala pasada. Era un cliente. Nada más.

–Hora y media –le dijo.

–Te enviaré mi dirección en un mensaje.

A las diez menos un minuto, Elizabeth estaba delante de la puerta del loft que Roark tenía en el Soho. Había pasado por casa para ponerse un vestido azul plateado. Le encantaba el color. Intensificaba el dorado de su pelo y resaltaba las motas de color cobalto de sus ojos, pero, sobre todo, hacía que se sintiese segura de sí misma.

Con el maletín sujeto delante de ella, esperó a que apareciese el primer hombre que, en un año, había puesto en peligro su determinación de no volver a salir con chicos malos. Con el corazón acelerado, contuvo todo el dolor y la decepción causados por los hombres con los que había estado a lo largo de los años.

Entonces se abrió la puerta y apareció él en todo su esplendor. Iba vestido con unos vaqueros desgastados y una camiseta gris de manga larga que intensificaba el color ahumado de sus ojos.

–Elizabeth –dijo, como una exhalación–. Eres todavía más bella de lo que recordaba.

Ella se maldijo al notar que el corazón le daba un vuelco ante semejante tontería.

–Y tú más encantador que nunca –le replicó.

Roark sonrió.

–Entra.

El loft era tan increíble como Elizabeth había esperado. Con techos altísimos, enormes ventanas arqueadas, ladrillo visto por todas partes. Los suelos de madera brillaban bajo los sofás blancos. El salón era tan grande que podía haber tres zonas distintas. Una flanqueada por una chimenea al fondo. Otra llena de estanterías que llegaban hasta el techo y que daban a lo que debían de ser las habitaciones. Y una tercera cerca de la cocina abierta, con encimeras de granito oscuro y electrodomésticos de acero inoxidable.

–Muy bonito –murmuró, pensando en la caja de zapatos en la que vivía ella–. Perfecto para una fiesta. ¿A cuántas personas vas a invitar?

–Estaba pensando en unas cien más o menos.

Elizabeth sacó su tablet y empezó a tomar notas.

–¿Has decidido ya la fecha?

–Había pensado en el próximo sábado.

–Hay muy poco tiempo.

–Te compensaré por cualquier inconveniente que pueda causarte.

Elizabeth sonrió y calculó mentalmente su comisión.

–¿Qué clase de fiesta tienes pensada?

–Es una fiesta de compromiso.

–Qué agradable –comentó sorprendida. Jamás se habría imaginado a Roark dando una fiesta así–. ¿Y quién es la feliz pareja?

–Nosotros.

Los ojos azul índigo de Elizabeth lo miraron sin comprender.

–¿Nosotros qué?

–Que somos la feliz pareja por la que voy a dar la fiesta.

–Si no estamos prometidos.

–Todavía no.

–Ni ahora ni nunca –respondió ella con determinación.

–Me he enamorado –le dijo Roark, que acababa de darse cuenta de que le encantaba tomarle el pelo, además de que le parecía que aquella era la única manera que tenía de llegar realmente a ella.

–Lo dudo –replicó Elizabeth con escepticismo–. Deberías explicarme qué está pasando aquí.

–Anoche me dijiste que Waverly's se iba a hundir gracias a mí.

–Solo sugerí que tal vez estuvieses contribuyendo a ello.

–Pues no eres la única que lo piensa.

Elizabeth entrecerró los ojos.

–No me sorprende, pero ¿qué tiene que ver eso conmigo?

–Un miembro de la junta directiva de Waverly's me ha contado que Dalton Rothschild le ha propuesto que le venda las acciones y que convenza a los demás miembros de la junta de que lo hagan también. Él no quiere que Rothschild se haga con Waverly's, pero necesita un buen motivo para apoyar a la actual dirección de la casa de subastas.

Elizabeth asintió en silencio, alentándolo a continuar.

–Piensa que yo tengo que formar parte de la

dirección, pero que para ello tengo que demostrar que he sentado la cabeza.

–Y piensas que comprometiéndote parecerás más decente.

–Me han sugerido que una vida personal estable inspiraría confianza.

–¿Por qué yo?

A pesar de que Roark tenía la agenda llena de mujeres que habrían saltado de alegría si les hubiese pedido que fingiesen ser su prometida, a Elizabeth no parecía impresionarle ni su dinero ni su encanto. Aquella mujer lo intrigaba.

–Después de la apasionada denuncia que hiciste anoche de mí y de constatar tu preocupación por Waverly's, pensé que serías la persona perfecta para simular mi compromiso.

Aquellas últimas palabras hicieron que Elizabeth se relajase, estuvo a punto de sonreír.

–Búscate a otra.

–Ya me he decidido por ti.

–Seguro que conoces a alguna mujer más adecuada y que estará encantada de ayudarte.

–No más adecuada que tú –le aseguró Roark con toda sinceridad.

–¿No te parece contraproducente intentar inspirar confianza presentando a tus amigos y a tu familia a una prometida falsa?

–Mira, por eso te necesito. Ninguna otra mujer es tan clara como tú con respecto a mis carencias.

Elizabeth hizo una mueca.

–¿Y eso te parece bueno?

A pesar de su escepticismo, Elizabeth todavía no le había dicho que no. O, al menos, no se había marchado de su casa, poniendo así fin a la conversación. Si conseguía retenerla allí un par de minutos más, Roark estaba seguro de que podría convencerla de que necesitaba su ayuda.

–Anoche tenías razón. Waverly's tiene problemas. Dalton Rothschild está intentando comprar acciones. Y yo puedo detenerlo, con tu ayuda. Piensa en lo que les ocurrirá a los empleados de Waverly's si Rothschild se hace con la casa de subastas. ¿Qué crees que haría con ellos?

–No estás jugando limpio –protestó Elizabeth, apartando la mirada de él.

Y Roark supo que la tenía.

–Haremos un contrato. Considéralo un trabajo. En seis meses te habrás deshecho de mí. Mientras tanto, piensa en todos los contactos que harás gracias a mí. La elite de Manhattan querrá contratarte para que organices sus fiestas.

–Un trabajo –repitió ella, mirándolo con cautela–. ¿Y nada más?

–Bueno, tendremos que hacer apariciones en público, por supuesto, así como muestras públicas de afecto.

Ella se mordió el labio inferior.

–Pero solo será eso. No espero beneficiarme de ti en privado –le aseguró Roark, que por el momento tendría que mantener sus verdaderas intenciones en secreto.

Ya tendría tiempo para demostrarle que aquel acuerdo podía ser muy satisfactorio para ambos.

–Te prometo que no haré nada que tú no quieras que haga.

Elizabeth arqueó las cejas.

–No has respondido a mi pregunta.

–Te aseguro que, siempre que he tenido una relación, ha sido la mujer la que tenía ciertas expectativas, no yo.

–No me extraña que la gente no confíe en ti –comentó ella, sacudiendo la cabeza–. No respondes de manera clara ni aunque tu vida dependa de ello.

–Y te aseguro que, de vez en cuando, así es exactamente.

–Te voy a ser sincera. No pienso acostarme contigo.

–¿Quién ha hablado de acostarse? –le dijo él, que sabía que debía dejar de bromear con ella, pero le encantaba verla enfadada.

–Si piensas que soy la típica rubia tonta y fácil, estás muy equivocado.

–Por supuesto que no pienso eso de ti. Y estoy seguro de que te me vas a resistir.

Ella lo fulminó con la mirada y se ruborizó, y Roark tuvo que hacer un esfuerzo para no tomarla entre sus brazos y aprovecharse de tanta pasión.

Hizo una mueca para evitar sonreír.

–De hecho, cuento con ello.

***

La mayoría de las mujeres solteras de Nueva York se habrían sentido halagadas si Roark Black les hubiese pedido que fingiesen ser su prometida.

¿Estaba loca ella por dudar?

A Roark le habían brillado los ojos cuando le había dicho que contaba con que se le resistiese, y ella se había dado cuenta de que hacía bien siendo cauta. Los latidos de su corazón no se habían calmado en todo el trayecto hasta Chinatown, donde vivía su mejor amiga. Había conocido a Allison durante el primer año de universidad y enseguida les había unido su patológica necesidad de organización y la aversión por la chica que vivía al otro lado del pasillo, Honey Willingham.

—Elizabeth —le dijo su amiga—. Llegas justo a tiempo. Acabo de acostar al príncipe Gregory para que duerma la siesta.

—Siento no haber avisado de que venía —respondió ella.

Su amiga había dado a luz cinco meses antes y, desde entonces, no se habían visto más de una vez al mes.

—No te preocupes, me alegro de que me hayas hecho un hueco en tu apretada agenda.

Su amiga no pretendía recriminarle nada, pero Elizabeth no pudo evitar sentirse mal.

–Soy una amiga horrible.

–De eso nada. Estás muy ocupada.

Allison también lo estaba, pero aun así la llamaba tres veces por semana. Elizabeth se sintió todavía peor.

–¿Qué tal Greg?

–Mejor –respondió Allison, guiándola hasta la pequeña cocina para sacar dos refrescos *light* del frigorífico–. Ya casi duerme cuatro horas seguidas por la noche.

–Huy.

Elizabeth intentó imaginarse cómo iba a hacer cuando tuviese un bebé y no pudiese dormir. Miró a su alrededor. El fregadero estaba lleno de platos sucios y había un montón de biberones secándose. Al otro lado de la barra, donde había estado el impoluto salón con mesas de cristal, caros adornos y muchas plantas solo quedaba el sillón de cuero negro, y en él había un montón de ropa de bebé sin doblar. El resto del espacio estaba lleno de juguetes de bebé y una hamaquita.

–¿Quieres que me quede con él una noche para que puedas salir a cenar con Keith?

Alllison la miró de tal manera que a Elizabeth se le encogió el corazón.

–Eso sería estupendo. Te podrías ir preparando para cuando te toque a ti –le dijo su amiga, tomándole las manos–. ¿A eso has venido? ¿A contarme que estás embarazada?

–No –respondió ella–. Esta vez tampoco ha funcionado.

–Vaya, lo siento mucho. ¿Qué vas a hacer?

–Volver a intentarlo.

–Pensé que no tenías suficiente dinero.

–Le voy a decir a Josie que quiero ser su socia.

–Pues buena suerte –le respondió Allison–. Lo siento. No tenía que haberte dicho eso. ¿Cómo se lo vas a plantear?

–He dado mi primera fiesta con gente rica y ha sido todo un éxito. A raíz de ella hemos recibido muchas llamadas, y todo el mundo me quiere a mí.

–Eso es maravilloso, pero ¿sabe Josie que todo el mundo te quiere a ti?

Allison pensaba muchas cosas acerca de Josie Summers. Todas eran negativas.

–A su manera, lo sabe.

Aunque eso no significaba que fuese a admitirlo.

–Podrías marcharte –le sugirió Allison–. Y crear tu propia empresa.

–Sabes que no puedo –le respondió Elizabeth.

Ya habían tenido aquella conversación varias veces en los tres últimos años.

–Sé que te da miedo.

–Me gusta la seguridad de tener una nómina.

Allison no parecía convencida.

–Podrías posponer lo del bebé un par de años, hasta que tu negocio estuviese en marcha.

Elizabeth negó con la cabeza.

–Prefiero aguantar a Josie otros cinco años que esperar para tener el bebé.

–Eres tan sensata…

Oyeron llorar al niño a través del monitor que había en la encimera. Allison miró el aparato y contuvo la respiración.

–¿Quieres ir a ver qué le pasa? –le preguntó Elizabeth.

–No, debería volver a dormirse.

Pero el niño siguió llorando con más fuerza y Allison suspiró.

–Supongo que con quince minutos ha tenido suficiente. No sé cómo no cae agotado. Yo estoy cansada y él duerme menos que yo. Ahora vuelvo.

Elizabeth pensó que tendría que terminar su conversación con Allison mientras el niño lloraba, pero en cuanto su amiga entró en la habitación, Gregory dejó de llorar. Poco después salía con él en brazos.

–¿Puedes sujetarlo un momento? –le preguntó Allison, dándoselo directamente–. Te aseguro que me va a volver loca. Igual que su padre.

Elizabeth sonrió.

Enterró la nariz en el cuello del pequeño y respiró hondo. Por aquello era por lo que estaba trabajando tanto. Por eso iba a aceptar la oferta de Roark. Necesitaba más clientes y convertirse en socia de Josie para poder permitirse otra fecundación in vitro.

Su teléfono vibró, recordándole que tenía que volver a trabajar. Le habría encantado quedarse allí el resto de la tarde, pero tenía que contactar con varios clientes y tenía cosas que organizar.

De camino al metro pensó que le había venido bien ir a ver a Allison. Se había quedado más tranquila y podía pensar con claridad. Ya no tenía miedo. Antes de bajar las escaleras, sacó su móvil.

Roark respondió casi de inmediato, como si hubiese estado esperando su llamada.

—Está bien, señor Black, trato hecho.

—¿Así, sin más? —le preguntó él satisfecho—. Ni siquiera hemos hablado de lo que vas a querer a cambio.

—Solo quiero tener la oportunidad de hacer los contactos necesarios para progresar profesionalmente.

—Vas a conocer a muchas personas que van a querer contratarte, pero voy a ocupar gran parte de tu tiempo y pretendo recompensarte por ello.

—¿Cuánto tiempo?

—Para que nuestra relación sea creíble nos tendrán que ver juntos cuatro horas por la noche, dos o tres noches a la semana, durante seis meses. ¿Qué te parece veinte mil dólares como remuneración?

Elizabeth miró al cielo y contuvo las lágrimas. Se sentía tan aliviada que, por un instante, no pudo ni respirar. Con ese dinero podría hacerse otra fecundación in vitro casi inmediatamente. De repente, volvió a la realidad.

–Es demasiado. No me sentiría cómoda.

–Te pago por tu tiempo, nada más.

–Aun así, me parece demasiado.

–Muy bien –respondió él con cierta exasperación–. ¿Cuánto habías pensado tú?

–Trece mil cuatrocientos veintiocho dólares con noventa y siete céntimos.

Él dudó unos instantes antes de responder riéndose:

–¿Estás segura de que no quieres redondear hasta noventa y nueve céntimos?

–No, gracias.

–¿Te importaría contarme para qué vas a utilizar esa cantidad de dinero en particular?

Elizabeth sonrió al imaginarse la cara de Roark cuando oyese su respuesta.

–Para quedarme embarazada.

Capítulo Tres

Un fuerte viento golpeó a Elizabeth al salir de la limusina y mirar el edificio de la Quinta Avenida. Tembló a pesar de llevar puesto un abrigo de lana. Hacía nueve horas que había llegado a un acuerdo con Roark, lo que le demostraba que, en cuanto tenía delante a un chico malo, su sentido común la abandonaba.

Roark levantó su mano helada y se la llevó a los labios, que estaban calientes.

–¿Te he dicho ya que estás preciosa?

Varias veces.

–¿Estás seguro de que se van a creer que somos pareja?

–Lo creerán si parecemos enamorados el uno del otro.

–Enamorados –repitió ella.

–¿Puedes fingir que estás enamorada de mí?

Teniendo en cuenta cómo se le aceleraba el pulso cada vez que Roark le sonreía, Elizabeth supo que solo tendría que actuar con naturalidad.

–Supongo que sí.

–Tú sigue mi ejemplo –le dijo, apoyando la mano de Elizabeth en su brazo y echando a andar hacia el edificio.

La impresionante entrada estuvo a punto de hacer que Elizabeth se olvidase de sus nervios, pero se dijo que no podía actuar como una granjera recién llegada a la ciudad. Llevaba en Nueva York desde que había terminado el instituto y había organizado fiestas para personas con mucho dinero, pero había llegado el momento de volar más alto.

–¿Y cómo vamos a romper?

Roark la fulminó con la mirada.

–¿Estamos empezando a salir y ya estás pensando en cómo vamos a terminar?

–Una tiene que ser práctica –le respondió.

Era una pena que nunca hubiese sido capaz de serlo en su vida amorosa.

–¿Por qué no te olvidas de ser práctica un rato?

–Tentador… pero poco realista. Recuerda que esto es solo un acuerdo comercial.

–¿Cómo se me va a olvidar, si me lo recuerdas cada diez minutos? –le dijo él, deteniéndose delante de una puerta–. ¿Podemos discutir el final de nuestra relación en el camino de vuelta a casa?

–Por supuesto.

Una mujer de unos cuarenta años, vestida de uniforme, les abrió la puerta. Elizabeth entró y se quitó el abrigo. Como Roark la estaba utilizando para cambiar su reputación de mujeriego, había decidido ponerse un vestido recatado de color burdeos.

44

Se había alisado las ondas naturales del pelo y se había puesto unos sencillos pendientes de color granate de su abuela, y sabía que su imagen era clásica y elegante.

–Absolutamente maravillosa –murmuró Roark, apoyando la mano en la curva de su espalda para guiarla hacia el salón, donde estaban el resto de los invitados.

Su compromiso era una farsa, pero los halagos y el tono cariñoso de Roark eran sinceros. La química que había entre ambos era real. Elizabeth lo sentía cada vez que él tomaba su mano o la acariciaba con la mirada.

Se había metido en un buen lío.

–Buenas noches, Roark. Y esta debe de ser la mujer que te ha robado el corazón. Ahora entiendo el motivo. Soy George Cromwell.

Elizabeth lo reconoció de la subasta, pero dudó que él la recordase. Siempre intentaba pasar desapercibida en las fiestas que organizaba.

–Elizabeth Minerva –le dijo–. Tiene una casa preciosa.

–Mi esposa tiene un gusto excepcional. Por eso me escogió a mí –comentó él, riéndose de su propio chiste.

Cuando anunciaron la cena, Elizabeth ya era demasiado consciente del hombre alto y guapo que la acompañaba. Roark no dejaba de tocarla. Apoyaba la mano suavemente en su cintura, en el hueco de su espalda, le daba un beso en la sien. Así demostraba su adoración por ella para

que lo viese todo el mundo. Si se hubiese tratado de cualquier otro hombre, Elizabeth habría
aguantado sin inmutarse.

Pero Roark Black no era un hombre cual-
quiera. Era peligroso, carismático e inteligente. Una combinación letal para su sentido común.

–Me encanta ver lo enamorados que estáis –le
dijo a Elizabeth la mujer que había sentada a la
mesa a su lado y que estaba en la junta directiva
de varias organizaciones benéficas–. Aprecio
mucho a Roark y me alegro de que haya encontrado a alguien que lo haga feliz.

Elizabeth sonrió para ocultar su consterna-
ción. Era demasiado fácil fingir que estaba enamorada de Roark. Antes de esa noche había
pensado que era solo un chico malo que enga-
tusaba a las mujeres, pero estaba empezando a
darse cuenta de que era mucho más.

–Ha ido muy bien –comentó Roark, ayudán-
dola a entrar en la parte trasera de la limusina
negra–. Creo que hemos conseguido conven-
cerlos de que me has domesticado.

Ella hizo una mueca.

–Estás loco si piensas que alguien cree que
estás domesticado.

–Tal vez tengas razón –admitió él, entrando
al coche y apoyando la cabeza en el asiento de
piel. Luego la miró, le brillaban los ojos–. Pero

han visto que el poder de mis sentimientos por ti hace que me contenga.

A pesar de saber que aquello era mentira, Elizabeth no pudo evitar que le gustase oírlo. En el fondo, siempre había soñado con domar a un chico malo, ya que los buenos no le gustaban. Le resultaban aburridos. ¿Por qué no iba a poder domar a uno malo? ¿Se cansaría de él si lo hacía?

Jamás lo averiguaría.

—¿Podemos hablar ahora de qué ocurrirá cuando dejes de estar enamorado de mí?

—Eres implacable, ¿eh?

—Más o menos.

—¿Quieres que sea yo el malo de la película?

Elizabeth no estaba segura de que fuese el héroe, pero sí pensaba que le habían dado demasiados papeles de villano.

—Dado que se supone que el compromiso tiene como objetivo limpiar tu reputación —le respondió—, eso sería contraproducente. ¿Qué te parece si decidimos de mutuo acuerdo que lo nuestro no funciona?

—En realidad, pienso que sería mejor que me rompieses el corazón —dijo él, tomando su mano y llevándosela al pecho.

A Elizabeth se le aceleró el pulso.

—¿Por qué?

—Porque yo no quiero hacerte daño.

El tono de la conversación había pasado de ser ligero a ponerse serio.

–Qué caballeroso por tu parte –le contestó Elizabeth, apartando la mano rápidamente.

Roark le acarició la mejilla.

–Lo digo en serio.

–Ya lo sé –le aseguró ella, apartándole la mano–, pero no tienes que preocuparte por mí.

Roark se quedó en el centro de su salón maravillado. A las ocho de la mañana lo habían echado de su casa un grupo de trabajadores y había estado fuera hasta que no había sido capaz de controlar más la curiosidad.

En siete horas, Elizabeth había transformado un espacio monocromático y estéril en un sueño marroquí. Utilizando la altura del techo, había creado una especie de jaima. Había telas doradas y salpicadas de brillantes joyas colgando del techo y de las paredes. Había quitado los sofás blancos y los había cambiado por otomanas. Había cien cojines de todos los tamaños y colores encima de las alfombras orientales. Tres enormes lámparas de metal colgaban del centro de la habitación, iluminándola con suavidad.

Y en el centro de todo aquello estaba Elizabeth, muy elegante con un traje de pantalón azul marino y el pelo recogido en su característico moño francés, dirigiendo los últimos detalles, en forma de arreglos florales y fruteros con manzanas, pitayas, mangos y melocotones.

Roark sintió ganas de tumbarla en un montón de cojines y despeinarla un poco. De hecho, avanzó tres pasos hacia ella, hasta que se dio cuenta de que no estaban solos. Debió de vérsele la intención en el rostro, porque una chica delgada, de pelo castaño, lo miró con los ojos muy abiertos.

–Hola –la saludó él, conteniendo el deseo–. Soy Roark Black.

–Sa-Sara Martin. Estoy ayudando a Elizabeth a organizar su fiesta.

Al oír su nombre, Elizabeth se giró y lo vio. Su serenidad hizo que Roark se sintiese todavía más atormentado, que la deseara más.

–¿Qué te parece? –le preguntó ella, evidentemente satisfecha con el resultado–. Nadie diría que es un loft en el Soho, ¿no?

De repente, Roark deseó sentirse tan bien como ella. Había ido de aventura en aventura casi sin parar, casi como si hubiese estado huyendo. ¿De qué? ¿Del aburrimiento? ¿De la soledad?

¿Qué había ganado con sus viajes, salvo que se cuestionase su forma de ser y un puñado de baratijas?

–Has hecho un trabajo maravilloso.

–Espero que tus amigos piensen lo mismo –comentó ella, dudando un poco.

–Les encantará.

El salón y ella. Consciente de que tenían público, Roark se acercó a Elizabeth y la vio ponerse tensa.

–Relájate –murmuró–. Esta noche todo el mundo se va a enterar de lo nuestro.

–Lo sé –respondió ella, levantando la barbilla y esbozando una sonrisa.

Sus suaves labios rosados prácticamente demandaron su atención, pero él la besó en la mejilla y disfrutó del olor de su piel, de su respiración entrecortada. La afectaba. Eso era bueno. Y era justo, porque ella lo volvía loco de deseo. Estaba deseando excitarla y perderse en el calor y la humedad de su cuerpo. Hizo un esfuerzo por controlarse.

Ya tendrían tiempo para eso después.

–¿Puedes hacer una pausa?

Elizabeth asintió.

–El catering llegará en cualquier momento, pero Sara puede supervisarlo.

–Estupendo. Vamos a mi despacho. Quiero darte una cosa.

Roark la guió hasta la que era su habitación favorita. Las paredes estaban cubiertas de estanterías llenas de libros y era donde pasaba la mayor parte del tiempo, rodeado de antiguos textos que lo ayudaban a desvelar los secretos de tesoros que llevaban siglos ocultos.

Tomó una caja negra que había encima de un montón de fotografías y la abrió. Era el anillo de compromiso. Elizabeth guardó silencio, sorprendida, hasta que Roark le puso el diamante de tres quilates en el dedo.

–Nunca he llevado nada tan caro.

–Te va bien.

Su delgado dedo parecía todavía más delicado con el anillo de diamantes. Roark hizo que girase la mano y lo observó.

–Voy a tardar un tiempo en acostumbrarme.

–¿Al anillo o a mí?

Ella sonrió.

–A ambos.

Antes de que a ninguno de los dos le diese tiempo a verlo venir, Roark le dio un beso en los labios. El corazón se le aceleró, sorprendido. Y la textura de sus labios lo fascinó. Exploró su exuberancia con el mismo interés que cuando evaluaba un objeto precioso. Aquella mujer se merecía ser tratada con la misma veneración con la que él trataba las obras de arte que deseaba.

–Roark.

Su nombre, susurrado por ella, avivó la impaciencia de Roark. Apoyó la mano en su espalda y la apretó contra su cuerpo.

–Dilo otra vez.

Ella retrocedió y lo miró como aturdida.

–¿Qué?

–Mi nombre –le dijo él, dándole un beso en la nariz–, pero con un poco más de pasión.

Era una petición arriesgada.

–¿Así es como tienes planeado comportarte esta noche?

–Y todas las noches.

Elizabeth puso los ojos en blanco.

–Roark –le dijo en tono de advertencia.

Él sacudió la cabeza.

–Nadie se va a creer que estás enamorada de mí si me hablas en ese tono. Vuelve a intentarlo.

–Roark –repitió ella, exasperada.

–Yo había pensado más bien en algo así –le respondió él, tomando su rostro y mirándola a los ojos–. Elizabeth.

Le divirtió verla abrir mucho los ojos y separar los labios. Solía tratar con mujeres acostumbradas a aquellos niveles de seducción, con mujeres sofisticadas que sabían de qué iba la cosa, que entendían que tal vez no quisiese una relación seria, pero que, mientras estuviese con ellas, merecería la pena.

Elizabeth poseía una inocencia que lo cautivaba y le preocupaba al mismo tiempo. No le había dado permiso para seducirla. Y él no podía pensar en otra cosa.

–¿Y se enamoran de ti con eso?

La pregunta rompió la sensualidad del momento.

Roark frunció el ceño.

–¿A qué te refieres?

–A esa voz tan sensual. A esa mirada que desnuda.

Era la primera vez que alguien le decía aquello.

–Nunca he tenido quejas –respondió–. ¿Por qué no me funciona contigo?

–Porque conozco bien a los hombres como tú.

–¿Como yo? ¿Qué quieres decir?

–Chicos malos.

–¿Y eres inmune?

–Si tú me engañas una vez, la culpa es tuya –respondió Elizabeth–. Si me engañas dos, es mía.

–La mejor manera de aprender es cometiendo errores.

–Y, no obstante, continúo haciéndolo. Es evidente que tengo muy mal gusto con los hombres.

Aquello le intrigó. Parecía una mujer que sabía lo que quería e intentaba conseguirlo.

–Perdóname si no te creo.

–Es la verdad –respondió ella, haciendo girar el anillo en su dedo–. En el instituto, en la universidad y hace un año. El último fue el peor. Pensé que lo quería lo suficiente como para casarme y tener hijos con él. Fui una tonta al creer que podía cambiar, que yo podía importarle lo suficiente como para cambiar.

–Si lo que quieres es casarte y tener hijos, ¿por qué no sales con un hombre que quiera lo mismo?

–Porque esos no me atraen –admitió ella, mirándolo con frialdad–. Por mucho que intente evitarlo, siempre me gustan los que no me convienen, los que no te llaman, los que no se acuerdan de tu cumpleaños ni de ninguna ocasión especial.

Roark sabía que él era culpable de haber hecho todo aquello en alguna ocasión. ¿A cuántas mujeres habría desilusionado?

–Al final he decidido que como los hombres que me gustan no me convienen, voy a estar sola.

A Roark le preocupó ver que tenía ojeras.

–Siento que te hayan hecho daño.

Elizabeth se encogió de hombros.

–Yo lo permití, pero no volveré a hacerlo. He terminado con los chicos malos. No quiero más decepciones. A partir de ahora, voy a centrarme en lo que quiero. Una carrera y ser madre.

Y que ningún hombre se interpusiese en su camino.

Todavía aturdida por el beso de Roark, Elizabeth se puso el vestido plateado y sin tirantes que había comprado para su fiesta de compromiso mientras se preguntaba cómo había podido hablarle a Roark de su pasado amoroso. Tenía que haber mantenido con él una relación estrictamente profesional, en vez de contarle su vida.

Era un hombre acostumbrado a conquistar, pero ella no tenía de qué preocuparse. Aquello era solo una relación comercial. Lo único que tenía que hacer era intentar no olvidarlo.

¿Debía recogerse el pelo o dejárselo suelto? Se miró en el espejo del cuarto de baño mientras se peinaba la melena de rizos rubios. Tuvo la sensación de que esa noche le brillaban los ojos. ¿Sería el reflejo del enorme diamante que llevaba en la mano? Lo admiró. Su peso le recordó el peso que tenía lo que estaba haciendo con Roark. Nadie debía sospechar que no eran una pareja felizmente comprometida.

A ella no le resultaba fácil mentir, así que tal vez lo mejor fuese perderse en la fantasía de que era la mujer a la que Roark adoraba. Al menos unas cuantas horas, varias noches a la semana. Todo iría bien siempre y cuando mantuviese los pies en la tierra por el día.

O eso esperaba.

Los invitados de Roark habían llegado mientras ella se arreglaba y lo cierto era que estaba nerviosa.

Era la primera fiesta que organizaba en la que ser invisible no formaría parte de su trabajo. La sensación de entrar en una habitación y que todo el mundo la mirase le resultó extraña.

Como si se hubiese dado cuenta de su inquietud, Roark se acercó enseguida, la tomó entre sus brazos y le dio un beso en los labios.

–Estás impresionante –murmuró–. Vamos a decirle a todo el mundo que se marche para poder estar solos.

La miró a los ojos muy serio, pero había levantado la voz al decir la segunda frase, para que las personas que estaban cerca pudiesen oírlo. Elizabeth notó calor en el pecho, pero se obligó a sonreír.

–Para ya –le dijo, frunciendo el ceño–. ¿Qué van a pensar nuestros invitados?

–Que no he pasado suficiente tiempo a solas contigo.

Ella le puso una mano en la mejilla.

–Ya arreglaremos eso después.

Él la miró con satisfacción. Tomó su mano y le dio un beso en la palma.

–Cuento con ello.

Y a Elizabeth, a pesar de saber que aquello era solo una farsa, le costó recuperar la respiración.

Maldijo a Roark por ser tan convincente. Hasta ella estaba empezando a creérselo.

–Mientras tanto, podrías presentarme a tus amigos.

Roark la condujo a un grupo de invitados y la primera hora pasó en una mezcla borrosa de nombres y rostros. Elizabeth reconoció muchos de ellos de las revistas del corazón y no tardó en darse cuenta de que se hallaba presente casi la mitad de la junta directiva de Waverly's. Dado que lo que Roark quería era dar una buena imagen en la empresa, era normal que los hubiese invitado.

Después de la sorpresa con la que habían reaccionado sus compañeras de trabajo cuando les había anunciado su compromiso con Roark, Elizabeth había esperado que los invitados de este reaccionasen de la misma forma, pero todo el mundo la recibió de manera cariñosa.

Bueno, casi todo el mundo.

Había una mujer joven, de ojos oscuros, que irradiaba hostilidad. Había llegado tarde, del brazo de un hombre alto y guapo que debía de ser su hermano, a juzgar por el parecido entre ambos. La exótica belleza de ambos atrajo el interés de todos los presentes.

−¿Quiénes son esos? −le preguntó Elizabeth a Roark.

−Sabeen. Y su hermano Darius. Él es el motivo por el que he pasado los tres últimos meses en el Amazonas.

A Elizabeth le pareció que Roark decía aquello con cierto disgusto.

−Pensé que habías estado allí porque habías tenido problemas con los capos locales.

−Darius fue el que tuvo los problemas. Yo solo intenté ayudarlo.

−¿Y qué estaba haciendo en Sudamérica?

−Buscando un templo que yo le había dicho que había visto hacía varios años. Resulta que es un territorio ocupado por un hombre muy peligroso.

−Otro cazador de antigüedades, como tú.

−No, no es como yo. Él buscaba un tesoro con el que pretendía hacerse rico −la contradijo Roark.

−¿Y encontró el templo?

−No. Lo capturaron antes −respondió Roark, haciendo una mueca−. Le advertí que no merecía la pena arriesgar su vida.

–¿Y por qué fue?

–Porque está enamorado de la que desde niña fue su vecina en El Cairo. El padre de ella no quiere que se case con él porque prefiere que lo haga con un hombre rico. Darius tenía la esperanza de hacerse rico con lo que encontrase en el templo y conseguir que el padre de la chica cambiase de opinión.

–Qué romántico.

Roark la miró con escepticismo.

–Es una tontería. Y sigue enamorado de Fadira a pesar de que sabe que jamás será suya.

–A lo mejor el padre cambia de opinión.

–Ya es demasiado tarde. Mientras estábamos en Colombia, el padre de Fadira concertó su matrimonio. La boda tendrá lugar a finales de mes.

–¿Con alguien rico?

Roark asintió.

–Y poderoso. El jeque Mallik Khouri de Rayas.

–¿No es la familia propietaria de la estatua del Corazón Dorado que ha desaparecido?

–Sí.

–Pues o es una gran coincidencia o…

Elizabeth tuvo un mal presentimiento.

Roark estaba muy serio.

–No lo sé.

Ella se quedó pensativa y tuvo la sensación de que había algo que Roark no le estaba contando.

–Pero Fadira todavía no está casada –insistió–. Todavía existe la posibilidad de que triunfe el amor.

–Las cosas no funcionan así.

Elizabeth se dio cuenta de que estaba malgastando saliva, intentando convencer a Roark de que el amor no era una emoción loca e imprudente. Miró hacia donde estaba Darius y se dio cuenta de que Sabeen la estaba mirando con desdén.

–¿Y Sabeen? –le preguntó a Roark en un tono demasiado tenso para su gusto.

–¿Qué pasa con ella?

–¿Hay algún motivo por el que me esté mirando como si quisiera aplastarme como a un gusano?

–No te preocupes. Puede ser muy inestable. Debe de estar molesta conmigo por haberla sorprendido con este compromiso.

Elizabeth volvió a sentir que no se lo estaba contando todo. ¿Estaría celosa Sabeen? ¿Qué relación tenía con Roark? ¿Se habría interpuesto ella entre ambos?

–¿Por qué no le pediste a ella que te ayudara?

Él hizo una mueca. Luego la miró a los ojos, parecía divertido. Se llevó su mano a los labios.

–Porque no es de fiar.

Eso implicaba que sí confiaba en Elizabeth. Y a ella le dio un vuelco el corazón al oírlo.

–Es demasiado apasionada. Jamás aceptaría

que el compromiso fuese solo un acuerdo comercial.

–Está enamorada de ti –comentó ella, desinflándose.

Roark se encogió de hombros, pero no lo negó.

–Conocí a su padre con veinte años. Él me enseñó árabe y persa. Era un hombre brillante. Todo lo que sé acerca de antigüedades de Oriente Medio me lo enseñó él. Antes de morir, me pidió que cuidase de sus hijos.

Salvo que ya no eran niños. Eran una mujer bella y apasionada y un joven aventurero que parecía aburrido en una fiesta así.

–No parece que necesiten que nadie los cuide.

Roark hizo una mueca.

–A veces las apariencias engañan. Hace unos meses tuve que espantar a un cazador de tesoros. Sabeen pierde el sentido común cuando se enamora.

–Qué suerte que te tiene a ti para aprender a ser sensata –comentó Elizabeth, haciendo girar el anillo en su dedo.

–¿Intentas decirme algo?

–Solo que te veo demasiado escéptico con respecto al amor.

–No es escepticismo –replicó él–. Es pragmatismo. No creo que haya muchas mujeres capaces de ser felices con un hombre que está de viaje la mayor parte del año. Necesitan constancia, quieren un compañero. Y yo no puedo darles eso.

¿Intentaba disuadirla a ella? Si era así, estaba perdiendo el tiempo.

–Yo no estoy en el mercado, no quiero a ningún hombre en mi vida –le respondió Elizabeth.

–Eso es lo que dices.

–Y lo que pienso –insistió ella–. No te voy a negar que eres exactamente la clase de hombre que me solía gustar, pero ya he dejado esa época atrás. Ahora lo único que quiero es ser madre y tener éxito en mi trabajo.

–Qué pena –le dijo Roark, recorriendo su cuerpo con la mirada–. Tengo planes para ti.

–¿Qué? –preguntó Elizabeth riéndose–. ¿Qué clase de planes?

Él sonrió lentamente. Era una sonrisa depredadora.

–¿Por qué no te quedas un rato después de la fiesta y te doy un anticipo?

–¿Por qué no me lo cuentas ahora?

–Porque un hecho vale más que mil palabras –le contestó él–. Además, todo el mundo se escandalizaría si te demostrase en qué estoy pensando.

–Te veo muy seguro de ti mismo.

«Deja de coquetear con él», se advirtió Elizabeth.

–¿Y si soy inmune a tus encantos? –añadió.

Él le rozó el brazo desnudo con la mano y

pasó el pulgar por la curva de su pecho. Elizabeth dio un grito ahogado y notó que se le endurecían los pezones.

–¿Lo eres?

–Al parecer, hay ciertas partes de mi cuerpo que no lo son –admitió.

–Son precisamente esas partes las que me interesan –le dijo Roark, inclinándose para darle un beso en la mejilla.

Elizabeth pensó que tenía un buen problema, si Roark era capaz de hacerla arder de deseo con tan solo un par de frases provocadoras.

–Y yo que pensaba que me querías por mi inteligencia.

–Me gustan las mujeres con curvas.

Antes de que a Elizabeth le diese tiempo a responder, se acercaron a ellos George Cromwell y su esposa, Bunny.

A pesar de saber que impresionarlos le abriría puertas en un futuro, a Elizabeth le costó mucho trabajo centrarse en aquella mujer impecablemente vestida que los estaba felicitando por su compromiso. Roark tenía la palma de la mano apoyada en su cadera y ella estaba tensa. Lo más fácil habría sido relajarse contra su cuerpo.

–Qué anillo tan bonito –exclamó Bunny, admirando el diamante–. ¿Es una joya de tu familia, Roark?

–Solo el diamante, formaba parte de la alianza de mi abuela. Elizabeth es una mujer moderna –respondió él, sonriendo–. Y pensé que preferiría un engarce moderno.

–Una combinación de antiguo y nuevo –comentó Bunny asintiendo–. Es perfecto.

Luego les preguntó si tenían ya fecha para la boda y dónde pretendían casarse y Elizabeth intentó evitar ser demasiado explícita y sonrió a Roark, que debió de darse cuenta de que estaba incómoda, porque le dio un beso en la mejilla y le murmuró al oído:

–Lo estás haciendo fenomenal.

Aquellas palabras la tranquilizaron un poco y permitieron que sintiese algo desastroso: deleite. Estaba completamente encantada con las atenciones de Roark.

Su mente se rebeló. Eso era precisamente lo que tenía que evitar, pero era más fácil decirlo que hacerlo.

Después de la fiesta, cuando todos los invitados se hubieron marchado y el personal del catering lo hubo recogido todo, ella se quedó en el centro del salón y le ordenó a su corazón que se calmase. Roark la había tratado con cariño solo para que los miembros de la junta directiva de Waverly's lo viesen así.

–Por fin a solas –dijo este, poniéndose detrás de Elizabeth y acariciándole los brazos.

–Creo que la fiesta ha sido un éxito –respondió ella casi sin aliento.

–Hemos conseguido lo que queríamos. La

junta directiva de Waverly's ya sabe que la bella ha domado a la bestia.

Elizabeth se echó a reír.

–Yo te pondría más bien de lobo malo del cuento.

–Pues prepárate para ser devorada –le dijo Roark, haciéndola girar de repente.

Y entonces la besó, robándole el aliento, incendiando sus sentidos. Fue mágico.

Elizabeth sintió deseo y dejó de pensar. Se le doblaron las rodillas y dio gracias de que Roark acabase de abrazarla por la cintura. Dejó que introdujese la lengua en su boca y que apretase contra ella la hambrienta erección. Donde unos momentos antes había habido una sensación de insatisfacción, entre sus muslos, se desató entonces una tormenta de deseo. Roark interrumpió el beso y ella se aferró a sus hombros.

Él le recorrió el cuello con los labios.

–Cariño, eres deliciosa.

Entonces, Elizabeth se acordó de que su época de equivocarse con los hombres había terminado. Tenía un plan. Una carrera. La maternidad.

El sentido común venció al placer carnal. Respiró hondo y apoyó las manos en el pecho de Roark para apartarlo.

–Mañana tengo que levantarme muy temprano. Tengo que irme.

Y, para su sorpresa, Roark la dejó marchar sin protestar. Ella se reprendió por sentirse decepcionada. Había decidido no salir con más chicos malos. Y aquel era de los peores.

–Cena conmigo mañana –le dijo él, agarrándola de la mano cuando ya se había girado para marcharse.

Ella asintió.

–En algún lugar donde nos puedan ver juntos.

La sugerencia se debió solo a medias a su objetivo de hacer pública su relación. En realidad, Elizabeth había descubierto la fuerte química que había entre ambos y no confiaba en su capacidad para mantener las distancias con Roark.

Todavía tenía el corazón acelerado del beso y se sintió tentada a dejar el bolso y tumbar a Roark sobre el montón de cojines más cercano.

–Pasaré a recogerte a las siete.

Ella asintió y se marchó.

El frío viento de la noche no consiguió reducir la emoción que el beso de Roark había despertado en ella. ¿Cómo era posible que hubiese reaccionado así? Se suponía que entre ambos solo había una relación comercial.

Elizabeth se acercó a la curva a parar un taxi y vio que algo se movía a su izquierda. La puerta trasera de una limusina se abrió y de ella salió Sabeen, que dejó que se le abriese el abrigo para dejar ver un escotado vestido de noche.

Después de una acalorada discusión con Roark, Darius se la había llevado de la fiesta una hora antes. ¿Por qué había vuelto?

–Me sorprende que te marches tan pronto –comentó Sabeen–. A juzgar por cómo has estado mirándolo toda la noche, pensé que no saldrías de su cama hasta el amanecer.

–Mañana tengo que madrugar –le respondió Elizabeth–. ¿Se te ha olvidado algo en su casa?

–No he tenido la oportunidad de darle las gracias como es debido por haberme devuelto a mi hermano pequeño sano y salvo.

Elizabeth se compadeció de ella. Por muy bella que fuese y por mucho que intentase ofrecerse a Roark, él siempre la vería como a la hija de su amigo y tutor.

–Seguro que sabe lo mucho que le agradeces todo lo que ha hecho, pero sube y díselo en persona. Le gustará verte. Me ha contado que tu hermano y tú sois como de la familia.

Elizabeth no había reaccionado tal y como la otra mujer había pretendido que lo hiciese. Era difícil sentir celos cuando solo estaba fingiendo ser la prometida de Roark, y no podía poner en peligro el futuro de Waverly's por una indiscreción.

–Yo seguiré en su vida cuando se canse de ti.

Elizabeth no tenía ninguna duda.

–Buenas noches, Sabeen.

Capítulo Cuatro

A las tres de la tarde solo había siete escaladores en la pared del Hartz Sports Club. Era una de las paredes más difíciles del país y la más alta de Manhattan, y solía haber más gente.

–Has estado practicando en mi ausencia –le gritó Roark a Vance mientras seguía subiendo.

–No podía permitir que volvieses a avergonzarme –le respondió este sin apartar la mirada de la pared que tenía delante.

–Deberías venir conmigo a Pakistán y escalar las torres Trango.

Vance se rio.

–Estoy seguro de que no estoy preparado para algo así.

–¿Y qué me dices de un lugar que esté más cerca de casa? ¿Qué tal Shiprock, en Nuevo México?

–Tal vez podamos hablarlo cuando se termine todo este lío de Rothschild y de la estatua robada.

Roark asintió muy serio. Durante la mayor parte de su vida, la única familia que había tenido había sido su madre. Cuando, cuatro años antes, Vance le había dicho que era su hermanastro, él había reaccionado con escepticismo. La historia que este le había contado, de que había encontrado una carta en la que su padre le pedía que buscase a su hermanastro, le había parecido demasiado inverosímil para ser cierta.

Su madre había sido una mujer solitaria, por lo que a Roark le costaba trabajo imaginársela con un amante, pero Vance le había contado que había conocido a su padre cuando este, Edward Waverly, había ido a verla para convencerla de que vendiese una colección de monedas. Durante toda su niñez, la madre de Roark se había negado a hablarle de su padre. Y él entendía que hubiese podido enamorarse del carismático Waverly.

Pero ¿por qué había terminado su relación?

Tal vez Edward la hubiese abandonado al enterarse de que estaba embarazada. Tal vez hubiese roto ella, consciente de que no podría ser la esposa que Edward hubiese querido. O tal vez se hubiesen desenamorado.

Roark apartó aquellos pensamientos de su mente y volvió al presente.

–¿Qué tenéis pensado hacer Ann y tú con respecto a Rothschild?

Vance alargó el brazo izquierdo para agarrarse a la siguiente presa.

–Tenemos que evitar que siga cayendo el precio de nuestras acciones. Si no, no tendremos que preocuparnos de que Rothschild compre las acciones a los miembros de la junta, las comprará en el mercado abierto. Y la manera más rápida de estabilizar el precio es aclarar el lío de la estatua del Corazón Dorado.

–Eso puede resultar complicado –respondió Roark–. La estatua podría venderse por más de doscientos millones de dólares. Con el robo de la estatua de Rayas, el dueño de la nuestra se ha vuelto un poco paranoico con el tema de la seguridad.

–¿Y tú estás seguro de que su estatua no es ni robada ni falsa?

–Apuesto mi reputación a que no.

–Lo que está en juego es la reputación de Waverly's.

–No es cierto. Había tres estatuas, encargadas por el rey de Rayas para sus tres hijas. Cada una tiene un sello único y yo tengo un documento en el que se explica qué estatua perteneció a cada hija. En la actualidad, una de las estatuas la tiene una rama de la familia real de Rayas. La que el FBI piensa que he robado yo pertenece al actual rey. La tercera desapareció hace más de un siglo.

»Nadie sabe si fue robada o vendida, y la familia que la poseía se ha extinguido. Esta terminó en Dubái y formó parte de una colección de un jeque muy rico que ha fallecido recientemente. A su hijo no le interesan las antigüedades, prefiere la tecnología de última generación, las mujeres bellas, los coches caros y las grandes mansiones. Y va a cumplir su sueño de construir el mejor complejo turístico de Dubái vendiendo la colección.

–Entonces, cuando la estatua llegue, podrás probar su autenticidad y su procedencia, ¿no?

–Exacto.

–En ese caso, no tenemos de qué preocuparnos.

–No.

Roark reflexionó sobre el robo que había tenido lugar en su apartamento de Dubái mientras él estaba en Colombia. El ladrón había conseguido abrir una modernísima caja fuerte y se había llevado toda la documentación relacionada con el Corazón Dorado. Roark tenía copias, pero dudaba que los expertos del FBI se contentaran con ellas.

Siguieron escalando veinte minutos más en silencio, cada uno inmerso en sus pensamientos. Cuando se acabó su hora, Roark bajó al suelo y se quitó el arnés. Como de costumbre, escalar le había aclarado la mente.

–Tu prometida ha causado muy buena impresión entre los miembros de la junta directiva –comentó Vance mientras guardaba su equipo.

–Me alegro.

Elizabeth había conquistado a todo el mundo.

–No tenía ni idea de que estuvieses saliendo con alguien tan en serio –continuó Vance en tono neutral–. ¿Cuánto tiempo lleváis juntos?

–Mucho menos del que te imaginas –le respondió Roark.

–Ha debido de estar muy preocupada, has estado tres meses desaparecido.

–Sin duda, ha sido una prueba para nuestra relación, pero Elizabeth entiende mi necesidad de viajar bastante.

–Roark, el año pasado has debido de estar en Nueva York veinte días en todo el año –comentó Vance arqueando las cejas.

–Puede ser, pero Elizabeth también está muy centrada en su carrera. Estoy convencido de que no me ha echado nada de menos.

–Entonces hacéis buena pareja –le dijo su hermano en tono sarcástico.

Desde que se había enamorado de Charlotte, se había vuelto un campeón de las relaciones serias.

–Exacto.

–Cuéntame, ¿cómo es que te has comprometido? –le preguntó Vance antes de beber agua.

Eso le dio tiempo a Roark para pensar qué le iba a contar a su hermano. No quería mentirle, pero su experiencia le decía que no podía confiar en nadie.

–Lo cierto es que, en realidad, no estamos prometidos –admitió, decidiendo ser sincero–. Cromwell me contó que Rothschild ha intentado que le venda sus acciones y convencer a todo el mundo de lo mismo. Cromwell piensa que Ann, tú y yo somos el futuro de la casa de subastas, pero con el escándalo que aseguraba que Ann tenía una relación con Rothschild y mi falta de seriedad con las mujeres, le preocupaba que no estuviésemos a la altura.

–Cromwell no es la persona más adecuada para hablar. Él también tiene más de un esqueleto en el armario.

–En cualquier caso, Cromwell piensa que si me centro en mi vida amorosa, demostraré que puedo ser responsable.

–Y por eso te has prometido.

–Elizabeth ha accedido a hacer de mi prometida hasta que la situación en Waverly's se estabilice.

Por un momento, Vance lo miró sorprendido, pero luego sacudió la cabeza.

–¿No te has parado a pensar que es precisamente ese tipo de cosas lo que te causa problemas?

–Sí, pero ¿qué querías que hiciera? Si no evitamos que los miembros de la junta vendan sus acciones, Waverly's va a terminar en manos de Rothschild. Y tienes que admitir que, desde que he anunciado mi compromiso, no se ha vuelto a rumorear que la estatua del Corazón Dorado es falsa o robada.

–Es cierto –dijo Vance–. Y, hablando del futuro de Waverly's. ¿Has pensado en mi propuesta?

–¿La de pasar a formar parte oficialmente de la dirección de Waverly's y hacer pública nuestra relación?

Roark negó con la cabeza.

–No es un buen momento.

–No seas ridículo. Con tío Rutherford por ahí perdido, Waverly's te necesita. Además, tienes los mismos derechos en la empresa que yo.

–Pareces olvidar que soy hijo ilegítimo –le recordó Roark–. La oveja negra de la familia, si prefieres decirlo así.

–Estoy seguro de que, si hubiese podido, mi padre se habría casado con tu madre –dijo Vance, recogiendo su bolsa de deporte–. La quería.

–Eso no lo sabes. Además, no hay ninguna prueba de que fuese mi padre.

–La prueba de ADN…

–Demuestra que somos parientes. Podríamos ser primos –argumentó Roark, a pesar de saber que aquello era ridículo.

–¿Piensas que eres hijo de Rutherford? –preguntó Vance sonriendo.

–No lo sé. Por eso no quiero hacer ninguna declaración pública.

–De acuerdo, pero si todo el mundo supiese que eres un Waverly, nuestras acciones se verían reforzadas.

–Vamos a ver cómo progresan las cosas con mi compromiso y ya hablaremos.

Elizabeth se tambaleó, medio dormida, mientras esperaba a que se abriesen las puertas del ascensor. Eran las siete de la tarde del viernes y las oficinas de Event Planning estaban vacías.

Aquel había sido un día especialmente difícil. No solo porque su cliente más reciente era muy perfeccionista y le costaba tomar decisiones, sino porque había tenido una frustrante conversación con su madre acerca del Día de Acción de Gracias. Elizabeth tenía que organizar muchas fiestas para esa fecha y no se podía marchar de Nueva York, pero tampoco había podido convencer a sus padres para que fuesen a verla.

Le habría venido bien el apoyo de sus padres. Había perdido a su hermana, a su cuñado y a su sobrina un año antes y todavía no se había recuperado del todo, aunque el dolor ya era menor. Y, al parecer, ese año iba a tener que pasar el Día de Acción de Gracias y el aniversario de su muerte sola.

Se maldijo al notar que las lágrimas inundaban sus ojos. Parpadeó y esperó impaciente a que llegase el ascensor. Había quedado con Roark y ya llegaba tarde. Tenía que estar en su casa en diez minutos.

Esa semana habían salido todas las noches. A cenar con amigos, a la inauguración de una línea de calzado, a una gala para recaudar fondos para la investigación de la diabetes. Y la noche anterior, Roark la había llevado a un partido de béisbol de los Knicks en el Madison Square Garden.

Todo para que los viesen juntos.

Cuando el ascensor la dejó en la planta baja, Elizabeth sacó el teléfono y marcó el número de

Roark para avisarle de que iba de camino. Para ser un hombre al que le gustaba ser libre, era, al mismo tiempo, bastante protector.

Miró hacia la calle, estaba empezando a nevar. Si no hubiese estado tan cansada, habría disfrutado de la bonita estampa. En su lugar, solo vio el atasco que había fuera. Tomar un taxi le iba a costar más de lo que se había imaginado.

Pensó que iba a destrozar sus zapatos favoritos y abrió la puerta, sorprendiéndose al encontrarse con el chófer de Roark.

–Buenas tardes, señorita Minerva.

–Hola, Fred –le respondió ella.

El hombre le sonrió cariñosamente y a ella se le volvieron a llenar los ojos de lágrimas. Era evidente que estaba agotada.

–El señor Black me ha enviado a recogerla. Ha pensado que iba a tener problemas en encontrar un taxi.

Ella sonrió.

–Lo mismo estaba pensando yo.

Habían quedado en casa de Roark en vez de que él pasase a recogerla. Elizabeth había contado con salir de trabajar a las tres, ir a casa y echarse una siesta antes de salir.

–¿Puede llevarme a mi casa para que me cambie?

–El señor Black me ha pedido que la lleve directamente a la suya.

Así que estaba secuestrada. Elizabeth se puso

cómoda en el asiento de cuero y vio pasar la ciudad por su ventanilla. En un momento dado cerró los ojos, y fue la voz de Fred la que la despertó.

—Ya hemos llegado, señorita Minerva.

Ella bostezó y se tapó la boca con la mano enguantada antes de salir del coche.

—Gracias.

Todavía aturdida de la breve siesta, entró en el edificio de Roark y saludó al portero. Cuando las puertas del ascensor se abrieron, vio con sorpresa aparecer a Roark.

—Se suponía que ibas a salir de trabajar a las tres.

A ella le dio un vuelco el corazón al verlo tan preocupado.

—Margo Hadwell es una mujer muy exigente y complicada.

Él la hizo entrar en el ascensor y le dio al botón de su planta.

—Trabajas demasiado.

—Tengo que hacerlo, si quiero que Josie me haga su socia.

—¿Qué tal tu reunión de hoy con ella?

—Se ha tragado la historia de que nos conocimos en un bar la última vez que viniste a Nueva York y que tuvimos una aventura. Y que nos enamoramos por correo electrónico. Las rosas que me enviaste después de la fiesta de Waverly's también han sido de gran ayuda —le explicó, sonriendo triunfante—. Después de eso le he hecho mi propuesta. Ha accedido a hacerme socia si consigo la gala de primavera Green New York.

Aquella gala era uno de los acontecimientos más importantes del año. Josie llevaba tres años intentando organizarla, pero no lo había conseguido. En esa ocasión, había retado a Elizabeth a hacerlo.

—Si necesitas que te presente a alguien, dímelo.

—Gracias, pero no se trata solo de conocer a las personas adecuadas. Tengo que presentar una propuesta perfecta.

—Puedes hacerlo.

La confianza que Roark tenía en ella la animó. La apoyaba como siempre había soñado que la apoyaría el hombre de su vida, pero tenía que mantener los pies en la tierra y hacer caso omiso de los mensajes que le enviaba su corazón. Esa noche iba a tener que hacer un gran esfuerzo.

La mesa del comedor estaba iluminada con velas y de fondo sonaba una música suave, romántica.

Elizabeth tragó saliva.

—Pensé que íbamos a salir.

—Te he notado cansada cuando hemos hablado por teléfono y he pensado que preferirías quedarte en casa. Así que vamos a cenar los dos solos.

Supo que debía intentar liberarse del hechizo en el que Roark la había envuelto sin ningún

77

esfuerzo, pero la mano de él en su espalda, y el agotamiento, minaron su fuerza de voluntad.

–¿No se supone que teníamos que ir a un bar? Quieres que nos vean juntos.

–Ya hemos salido bastante esta semana. Esta noche, te quiero para mí solo.

Elizabeth no pudo evitar sentir una traicionera satisfacción. Se advirtió que debía resistirse, pero la intensidad de la mirada de Roark debilitó su determinación.

–Me parece bien que cenemos, pero estoy tan cansada que a lo mejor me duermo durante el postre.

Él sonrió.

–Cariño, si la cosa sale como tengo pensado, tú serás el postre.

Aquellas palabras hicieron que Elizabeth se estremeciera.

–Eso no me parece nada gracioso –le dijo con voz temblorosa.

–No pretendía que lo fuese.

–Roark –le dijo ella de camino a la cocina–. Ya hemos hablado de esto. No voy a acostarme contigo.

–No tomes ninguna decisión hasta que no hayas probado la cena.

–¿Has cocinado?

¿Qué más podía esperar una chica?

–Me relaja –le respondió él.

Ella lo siguió hasta la mesa. Era casi imposible resistirse a un hombre como aquel, pero lo haría. Se había hecho una promesa a sí misma. No volvería a estar con ningún chico malo.

Pero ¿era Roark tan malo como lo pintaban?

¿Se estaba engañando ella, en vez de hacer frente a la realidad?

–Estaba todo delicioso –comentó Elizabeth, recogiendo los platos para llevarlos a la cocina–. ¿Cuándo aprendiste a cocinar?

–Antes de aprender a escaparme de casa, solía pasar mucho tiempo en la cocina con Rosie. Nuestra cocinera –le contó Roark, que se sintió tan melancólico como siempre que hablaba de su niñez.

–¿Cómo era tu madre? –le preguntó Elizabeth, arrepintiéndose al instante–. Lo siento. Si prefieres no hablar de ella, lo entenderé.

Roark se encogió de hombros. Nunca le había resultado fácil hablar de su madre. Le avergonzaba haberla dejado como lo había hecho, pero siempre le había guardado rencor por haberlo mantenido apartado del mundo y por no haber comprendido que un niño tan activo necesitaba moverse y correr aventuras.

–Era inteligente y dura. Nunca comprendí por qué alguien con semejante cabeza para los negocios y con aquel carácter de acero se convertía en una niña asustada cuando salía por la puerta de casa.

–¿Le ocurrió algo traumático?

–No que yo sepa. En sus diarios escribió acerca de muchas cosas, pero no de eso.

–Si no salía nunca de casa, cómo…

–¿Cómo me concibió? –preguntó él, dándose cuenta de que Elizabeth se había ruborizado–. Supongo que hizo lo que nosotros no estamos haciendo, tener sexo con mi padre.

Ella apretó los labios.

–¿Cómo se conocieron?

Roark había conseguido enterrar su anhelo de un padre hasta que, cuatro años antes, Vance había entrado en su vida con el cuento de que ambos eran hijos de Edward Waverly.

–Mi abuelo coleccionaba monedas, algunas extremadamente valiosas. Cuando falleció, mi madre decidió vender la colección. Se dirigió tanto a Rothschild's como a Waverly's. Y el representante de la última la convenció de que le permitiese subastar las monedas.

–Te refieres a Edward Waverly.

Roark recordó lo que su madre había escrito ese día. Su letra, normalmente firme, había sido temblorosa.

–Nunca le puso nombre –respondió–. Una semana después eran amantes.

–¿Tan pronto?

–Era un hombre que intentaba conseguir siempre lo que quería –comentó Roark, tomando la mano de Elizabeth y haciendo que se sentase en su regazo–. Tenemos eso en común.

–Recuerda que hemos hecho un trato.

Él se inclinó y la besó en los labios apretados. Casi inmediatamente, Elizabeth relajó la espalda y apoyó una mano en su hombro. Él sonrió al oírla suspirar. Llevaba días esperando aquel momento.

–Olvídate de los negocios –murmuró contra sus labios–. Te deseo.

A ella le tembló todo el cuerpo.

–Y yo a ti, pero no estoy segura de que esto sea buena idea.

–Es una idea estupenda. Lo pensé nada más verte. Supe desde el primer momento que habría esta química entre nosotros.

Roark le sacó la blusa de la falda y metió los dedos por debajo. Ella dio un grito ahogado y se puso tensa.

Él volvió a besarla y deseó más. Mucho más. Ella también lo deseaba.

–Roark –le dijo, cambiando de postura–. Te está sonando el teléfono.

–No me importa –respondió él, mordisqueándole el cuello y sonriendo al notar que se estremecía.

–¿Y si es importante? Deberías responder.

Él juró y dejó marchar a Elizabeth, pero no apartó la mirada de sus ojos.

–En estos momentos solo me importas tú.

El teléfono dejó de sonar y ellos se quedaron mirándose. La tensión sexual volvió a crecer entre ambos. Roark se preguntó cómo sería hacerle el amor, si con solo tenerla cerca se volvía loco.

Tal vez lo cambiase para siempre.

Se acercó a ella y el timbre del teléfono volvió a romper el silencio.

–¿Lo ves? –dijo Elizabeth–. Han vuelto a llamar. Será mejor que veas quién es.

Él respondió.

–¿Dígame?

–Buenas noches, señor Black –le dijo el portero–. Siento la interrupción, pero está aquí el FBI. Quieren hablar con usted.

La esperanza de retomar lo que había dejado a medias con Elizabeth se esfumó.

–Que suban.

Elizabeth lo observó con el ceño fruncido.

–¿Quieres que me marche?

Y con manos temblorosas se metió la camisa por dentro de la falda y se alisó el pelo.

–No es necesario –respondió él, yendo hacia la puerta–. No tardarán en marcharse.

–¿Quiénes?

–El FBI.

Ella se puso tensa.

–Las nueve de la noche de un viernes no es una hora de visita muy normal –comentó–. ¿Qué quieren?

–Hacerme unas preguntas acerca de la estatua del Corazón Dorado que va a subastar Waverly's.

–¿Qué clase de preguntas?

–Quieren saber si es la estatua que han robado en Rayas.

–¿Lo es?

La pregunta le dolió.

–No.

Y Roark volvió a encerrarse en sí mismo. Se había abierto al hablarle a Elizabeth de su madre, pero había cosas que era mejor guardar para él.

–¿Y por qué quiere hablar contigo el FBI?

Roark supo que tenía que ser sincero si quería que Elizabeth confiase en él.

–Mallik Khouri me ha acusado de robar la estatua del palacio.

Molesto con la interrupción y frustrado por la mirada de cautela de Elizabeth, abrió la puerta y dijo en tono sarcástico:

–¿En qué puedo ayudar al FBI?

–Tenemos novedades acerca de la estatua del Corazón Dorado y necesitamos discutirlas con usted esta misma noche –le dijo la agente especial Matthews sonriendo desde el rellano.

Detrás de ella estaba el agente Todd, con expresión taciturna.

–¿Han atrapado al ladrón?

–Digamos que tenemos una buena pista –respondió la agente Matthews, mirando hacia dentro de la casa y viendo a Elizabeth–. Perdón por la interrupción. ¿Podemos pasar?

Estaban perdiendo el tiempo. Hasta que la estatua llegase a Estados Unidos, no tendrían ningún motivo para detenerlo. El robo había tenido lugar en Rayas y eran sus autoridades las que debían resolver el caso. No obstante, el tráfico de mercancía robada podía interesar al FBI. Era una suerte que Roark no se dedicase a él.

–¿Han hablado con Dalton Rothschild? –preguntó, sin dejar entrar a los agentes–. Si alguien ha robado la estatua, yo sospecharía de él.

–Es curioso –respondió Matthews–. Es lo mismo que ha dicho él de usted.

–Nos gustaría que viniese con nosotros y nos contase cómo encontró la estatua que Waverly's tiene planeado subastar –le dijo el agente Todd en tono hosco.

–No puedo hacerlo –respondió él–. He firmado un acuerdo de confidencialidad.

–Qué casualidad –intervino Matthews–. A lo mejor puede contarnos algo.

–No, no puedo.

La agente Matthews miró por encima de su hombro.

–A lo mejor su prometida sabe algo. ¿Quiere que nos la llevemos a ella?

Roark apretó los dientes. No quería que Elizabeth se viese perjudicada por sus problemas.

–Iré a por mi abrigo.

A pesar de que Elizabeth se había quedado en la cocina, Roark estaba seguro de que lo había oído todo.

–Debería irme a casa –le dijo cuando entró a por el abrigo.

–Quédate –le dijo él, tomando su rostro con las manos–. Te lo explicaré todo cuando vuelva.

—No tienes por qué darme ninguna explicación —murmuró Elizabeth, sin poder disimular su tensión.

—Quédate —insistió Roark—. No tardaré.

Ella se relajó un momento, mientras él la besaba en la comisura de los labios.

—De acuerdo.

Satisfecho, Roark se giró hacia los agentes.

—Parece que ha tenido que convencerla para que se quede —comentó Matthews una vez en el rellano—. ¿No confía en usted?

—Por supuesto que sí —respondió él ya en el ascensor—. Es en usted en quien no confía.

—¿De verdad? —dijo Matthews riéndose—. ¿Por qué?

—Porque piensa que está insistiendo demasiado conmigo y que a lo mejor es porque le gusto y quiere pasar más tiempo en mi compañía.

La agente Matthews se echó a reír.

—Pues no tiene de qué preocuparse.

—Tiene razón. Soy un hombre de una sola mujer y esa mujer es ella.

—Pues yo he oído que todo el mundo está muy sorprendido con su compromiso —comentó Matthews mirándolo a los ojos—. ¿Por qué ha mantenido su relación con la señorita Minerva en secreto si están tan enamorados?

—Jamás habría dicho que es usted de las que les gustan los cotilleos, agente Matthews —replicó él en tono burlón.

—No me gustan los cotilleos, señor Black. Interrogo a las personas para obtener información.

–Y sospecha de que no haya alardeado de mi relación con Elizabeth para que lo supiese todo Nueva York.

Mientras el agente Todd se sentaba detrás del volante del coche de policía, Matthews le abrió la puerta trasera y le hizo un gesto a Roark para que entrase.

–Lo que me hace sospechar es que haya anunciado su compromiso precisamente en este momento. Ha hecho que se deje de hablar de la estatua.

Roark sonrió antes de entrar en el coche.

–Es usted una cínica, agente Matthews. ¿No se da cuenta de que el amor lo sorprende a uno cuando menos se lo espera?

Capítulo Cinco

Sin Roark, a Elizabeth el loft le pareció frío y lúgubre. Él llenaba todo el espacio con su carisma y su sex-appeal. Elizabeth se estremeció.

Tomó una manta que había en el respaldo de un sofá y se envolvió en ella. Los gruesos copos de nieve que caían fuera la atrajeron hacia el ventanal con vistas a Manhattan.

Pensó que era increíble que pudiese desear tanto a Roark. Se sentía insatisfecha después de la interrupción del FBI. De no haber sido por eso, se habría acostado con él. Y habría cometido un error.

No obstante, a pesar de saber que habría sido un error, se sintió confundida. O estaba muy equivocada, o Roark no era tan malo como parecía.

Se apartó de la ventana y se preguntó desde cuándo confiaba en su instinto en vez de en la lógica. No obstante, quería creer a Roark.

Confundida, atravesó el salón y fue hacia la habitación de Roark.

Lo cierto era que no sabía mucho de él, salvo lo que había leído en los periódicos y lo que él le había contado acerca de su niñez. Solo sabía que le gustaba encontrar tesoros y escalar. Y que pasaba los días reunido con Ann y Vance en Waverly's.

El loft tenía cuatro habitaciones en total. Elizabeth se saltó la que había utilizado para cambiarse el día de la fiesta de compromiso y fue directamente a la habitación de Roark. Allí no se llevó ninguna sorpresa. Las paredes eran blancas y había una bonita alfombra en el suelo de madera. La cama era enorme y las mesitas de noche y la cómoda, de madera oscura. En las estanterías había recuerdos de los viajes de Roark.

La falta de objetos personales y fotografías confirmó la preocupación de Elizabeth de que Roark era un hombre al que no le gustaban las ataduras. Le gustaba su libertad y vivir aventuras. Todo lo contrario que ella, que planeaba cada minuto de cada día con varios meses de antelación.

Salió de nuevo al pasillo y abrió la puerta de la habitación de enfrente. Sorprendida, se dio cuenta de que era el corazón de la casa. Un espacio acogedor, con estanterías que llegaban del suelo al techo y un escritorio de madera maciza cubierto de libros y papeles. Al otro lado de la habitación había un mullido sillón delante de una chimenea.

Encontró el interruptor de la luz y la lámpara que había detrás del sillón iluminó un montón de fotografías que había encima de una otomana. La curiosidad la hizo entrar en la habitación.

Miró los libros que había en las estanterías y se dio cuenta de que muchos eran de historia. Casi todos, antiguos y sobre historia de Europa, pero también había muchos de Oriente Medio. También había un armario abierto detrás del escritorio que estaba lleno de pergaminos.

Sin tocar nada del escritorio, intentó ver en qué estaba trabajando Roark. Dos de los tres libros que había abiertos estaban escritos en árabe. Teniendo en cuenta la cantidad de tiempo que Roark pasaba en Oriente Medio buscando antigüedades, era normal que supiese leer árabe, lo que sorprendió a Elizabeth fue que las notas estuviesen escritas en una mezcla de árabe e inglés, como si Roark fuese capaz de utilizar ambas lenguas indistintamente.

También había encima del escritorio hojas con diagramas y garabatos. ¿Cuánto tiempo tardaría Roark en volver a marcharse en busca de aventuras?

La intensidad de la decepción hizo que Elizabeth se apartase del escritorio. ¿Y qué si Roark se marchaba de Nueva York? Había sabido desde el principio que iba a ocurrir. No podía tenerlo enjaulado mucho tiempo, pero el hecho de sentirse triste le hizo darse cuenta de que ya le importaba demasiado.

Encontró el interruptor que encendía la chimenea de gas y se sentó en el sillón tirando, al hacerlo, las fotografías que había encima de la otomana. Las recogió del suelo. La última era de la estatua de una mujer con un corazón de oro. Era la estatua que le habían acusado a Roark de robar. A ella se le hizo un nudo en el estómago al pensarlo.

Colocó las fotografías como estaban, se quitó los zapatos y se hizo un ovillo en el sillón. Se tapó hasta la barbilla con la manta que había llevado del salón y echó la cabeza hacia atrás. Clavó la vista en la chimenea y se obligó a poner la mente en blanco. Era una técnica que había ido perfeccionando después de la muerte de su hermana.

No tardó en cerrar los ojos y dormirse. La semana había sido agotadora, tanto física como emocionalmente.

Justo antes de dormirse pensó en el motivo por el que estaba haciendo aquello con Roark. Pronto volvería a empezar con el tratamiento de fertilidad.

Se despertó con una caricia en la frente, en la mejilla y detrás de la oreja. Abrió los ojos y vio a Roark.

–¿Qué ha pasado con el FBI? –le preguntó.

Él jugó con sus dedos.

–Me han hecho las mismas preguntas de siempre.

–¿Robó Darius la estatua del Corazón Dorado? –le preguntó, sorprendiéndolo.

–No –respondió Roark haciendo una mueca.

–¿Estás seguro? –insistió Elizabeth, estudiando su expresión para ver si le mentía–. Me dijiste que necesitaba el dinero y que tenía motivos para hacerle daño al jeque.

–No es un ladrón –le dijo él, tomando su mano derecha y dándole un beso en la palma–. Me alegro de que te hayas puesto cómoda, pero habrías estado mejor en mi cama.

–¿Y ponerte las cosas fáciles? Pensé que te gustaban los retos.

–Meterte en mi cama no es un reto.

–Te veo demasiado seguro de ti mismo.

–Quería decir que no quiero tenerte en mi cama porque mi ego me lo pida, sino porque si no te tengo pronto, no sé cuánto tiempo más podré sobrevivir.

Elizabeth no supo si podía creerlo, pero sus palabras le hicieron bajar la guardia.

–Roark –fue lo único que pudo decirle, pero siempre había pensado que valía más un acto que mil palabras.

Tomó su rostro entre las manos, se inclinó hacia delante y lo besó. Él sonrió bajo sus labios y Elizabeth se sintió feliz, cosa que no le había ocurrido desde la muerte de su familia.

Roark abrió la boca y profundizó el beso. Ella se sintió abrumada. Estaba ardiendo por dentro y por fuera por aquel hombre.

Como si le hubiese leído el pensamiento, Roark la tomó en brazos. Elizabeth se aferró a sus hombros y la manta cayó al suelo.

–Espera –le pidió de camino a su habitación–. Déjame en el suelo, por favor.

Él suspiró, pero lo hizo.

–Si has cambiado de opinión, dame treinta segundos para volver a convencerte.

–¿Treinta segundos? –dijo ella riendo–. ¿Nunca te desmoralizas?

Él sonrió con suficiencia.

–No –le respondió, intentando agarrarla de nuevo.

–Espera. Necesito un momento para aclararme la cabeza. Juré que no volvería a equivocarme con ningún hombre. Así que si voy a romper mi promesa, quiero hacerlo en plenas facultades.

Roark dejó de mirarla como un león hambriento y se cruzó de brazos.

–¿Qué quiere decir eso? –le preguntó con el ceño fruncido.

–Solo que te quedes ahí y que no te muevas hasta que yo no te lo diga. ¿Puedes hacerlo?

Él apoyó un hombro en el marco de la puerta y se quedó allí, observándola en silencio. Elizabeth suspiró. ¿De verdad iba a hacer aquello?

Le dio la espalda a Roark y tomó el primer botón de su blusa. Había tanto silencio en la habitación que oyó cómo le latía el corazón. Eso la tranquilizó. Iba a hacerlo y era la decisión adecuada. Muy despacio, se abrió la blusa y la dejó caer al suelo.

***

Roark habría dado el Monet que había en la habitación de su madre a cambio de saber qué le pasaba a Elizabeth por la cabeza mientras se quitaba la falda.

El hecho de que se estuviese desnudando de espaldas a él lo decía todo, pero Elizabeth se fue relajando poco a poco.

Él estaba hipnotizado.

Y muy excitado.

Elizabeth se desabrochó el sujetador y él disfrutó de su espalda, de su estrecha cintura, de la curva de sus caderas.

Llevaba unas braguitas de color lavanda, a juego con el sujetador. Elizabeth se quedó inmóvil un instante, estudiando la ropa que había a sus pies. Roark se imaginó que estaba dividida entre la necesidad de doblar la ropa y la timidez que le impedía mirarlo.

Roark esperó a ver cuál era su siguiente movimiento sin respirar. El sujetador cayó al suelo, seguido de las braguitas.

Después, Elizabeth levantó los brazos y se quitó las horquillas que llevaba en el pelo. Una cascada de cabellos dorados cubrió sus hombros. Sacudió la cabeza y las ondas brillaron bajo la luz de la lámpara. Entonces, fue hacia la cama.

Roark pensó que nunca lo había cautivado de aquel modo una mujer. Elizabeth era bella e inteligente. Frágil y vulnerable. Una mezcla embriagadora.

En el silencio de la habitación, oyó su respiración acelerada. No podía aguantar más, pero estaba esperando a que ella le hiciese una señal que le indicase que estaba preparada.

Elizabeth apartó la sábana y se metió rápidamente en la cama. Sentada en el centro, con la sábana de color crema hasta la barbilla, asintió.

–Te toca.

Su tono dictatorial le divirtió, pero la obedeció. Sus dedos desabrocharon con torpeza los botones de la camisa y Roark notó cómo se excitaba todavía más bajo la atenta mirada de Elizabeth. La frenética pasión de un rato antes se había convertido en algo más profundo, más peligroso.

Roark se quitó la camisa, los pantalones y los calcetines, luego recogió la ropa de Elizabeth y la dobló con cuidado encima de una silla antes de avanzar hacia la cama. A ella pareció sorprenderle que se entretuviese tanto, teniendo en cuenta que su cuerpo revelaba claramente el deseo que sentía por ella.

Roark se detuvo al lado de la cama y se quitó los calzoncillos mientras disfrutaba de la expresión del rostro de Elizabeth.

–¿Preparada? –le preguntó, agarrando la sábana.

Ella lo miró fijamente, tragó saliva, separó los labios, pero no articuló palabra.

–Sí –susurró por fin.

Entonces él agarró la sábana con fuerza y se

la quitó. Elizabeth dio un grito ahogado y Roark subió a la cama y la empujó para que se tumbase en el colchón.

–Oh, Roark –gimió al notar que la agarraba de las caderas y la apretaba contra su cuerpo.

Él la besó antes de que pudiese volver a hablar, devorándola con los labios, los dientes y la lengua. Y ella respondió dándoselo todo, rindiéndose ante él.

Roark bajó con los labios por su cuello mientras le acariciaba los pechos. La oyó gemir de placer cuando pasó la lengua por sus pezones endurecidos, y el sonido lo excitó todavía más.

–Te necesito, Roark –le dijo ella, aferrándose a sus hombros–. No me hagas esperar más.

–Ten paciencia.

La acarició entre los muslos y vio cómo se le dilataban las pupilas y arqueaba la espalda.

–Roark –repitió ella, desesperada.

–Eres preciosa –murmuró él, agarrándola con ambas manos por la cintura y besándola en el abdomen.

Sorprendido, se dio cuenta de que le gustaría ver aquel vientre henchido por un embarazo.

–Deja de dar rodeos y hazme el amor –protestó Elizabeth, cambiando de postura para colocarlo entre sus piernas abiertas–. No puedo más. Te necesito.

–Y yo a ti –respondió él, mordisqueándole los pezones para excitarla todavía más.

Roark no comprendió bien su frustración hasta que ella no le agarró la erección para acariciársela.

—Espera, necesitamos protección —le dijo.

—No he podido quedarme embarazada con la ayuda de un médico —respondió ella con gesto atormentado—. Así que no tienes de qué preocuparte.

Y, dicho aquello, levantó las caderas para hacer que la penetrase.

Entonces se besaron con desesperación y después Roark interrumpió el beso y empezó a moverse en su interior.

Elizabeth adoptó su ritmo como si llevasen años haciendo el amor juntos. Roark no se la había imaginado así: desatada, exigente, tan apasionada como él. Nunca había experimentado algo tan perfecto. Quiso alargar el momento, pero su cuerpo no podía esperar más.

—Lo siento —le dijo, metiendo la mano entre ambos para acariciarla—. Me gustaría que esto durase eternamente, pero eres tan increíble…

Ella gritó en ese instante, arqueó el cuerpo y le clavó las uñas en la espalda. Y Roark se dejó llevar también. Fue un orgasmo mucho más intenso de lo que había esperado.

Se dejó caer encima de ella y se dio cuenta de que Elizabeth lo había abrazado con las piernas, como si no quisiera dejarlo marchar. Él le acarició la mejilla y la besó con ternura.

—¿Estás bien?

–Estupendamente –respondió ella, todavía con los ojos cerrados, sonriendo con satisfacción–. ¿Y tú?

–Nunca había estado mejor.

Reacio a romper el contacto con ella, Roark se tumbó de lado sin soltarla. Elizabeth se acurrucó contra su cuerpo, relajada, como si no tuviese intención de moverse jamás.

Por eso lo sorprendieron tanto sus siguientes palabras.

–Es tarde –murmuró Elizabeth suspirando–. Debería marcharme.

Capítulo Seis

Después de hacer el amor apasionadamente, Elizabeth y Roark se quedaron abrazados, con las piernas entrelazadas.

–Es tarde –dijo él–. Quédate.

Le dio un beso en la frente y Elizabeth pensó que iba a ser horrible tener que marcharse en aquel momento, pero quedarse significaría tener después esperanzas que prefería no albergar.

–Mira, ha estado muy bien, pero creo que será mejor que me marche –le dijo a Roark muy a su pesar.

–Si insistes, te llevaré a casa –le respondió él, dándole un abrazo antes de soltarla e ir hacia el borde de la cama.

Ella sintió frío sin el calor de su piel.

–No hace falta.

–No pienso dejarte que vayas sola por la ciudad a estas horas de la noche.

El caballeroso gesto hizo que a Elizabeth le diese un vuelco el corazón.

–Pretendía tomar un taxi.

–Son las cuatro de la madrugada.

–No sería la primera vez.

–¿Quieres decir que tienes costumbre de volver a casa a estas horas?

Elizabeth se dio cuenta de que Roark se preguntaba con qué frecuencia pasaba media noche con un hombre y luego se volvía a casa antes del amanecer.

Levantó la barbilla.

–Me dedico a organizar eventos. Eso significa que tengo que quedarme hasta mucho después de que terminen las fiestas. Nueva York es la ciudad que nunca duerme y eso significa que, en ocasiones, yo tampoco lo hago.

–Estoy muerto de hambre –comentó él, echando la sábana hacia los pies de la cama–. Vámonos de aquí.

A Elizabeth le sorprendió que cambiase de tema tan bruscamente, pero Roark ya se estaba vistiendo.

Así que ella se olvidó de que tenía frío y de que estaba desnuda al ver el cuerpo de Roark desnudo también.

Él la miró y le dijo:

–O dejas de mirarme así o no te dejaré salir de la cama en una semana.

Elizabeth se ruborizó, salió de la cama y se acercó a él, que ya se había puesto el pantalón y la camisa, pero parecía dispuesto a volver a quitárselo todo.

Ella lo abrazó por la cintura y eso pareció sorprenderlo, porque tardó un par de segundos en abrazarla también.

Con la mejilla apoyada en su fuerte pecho, Elizabeth se relajó.

–Lo he pasado muy bien. Gracias.

–La noche todavía no ha terminado –respondió Roark sin moverse de donde estaba.

No era el momento de pensar en el sexo y él parecía saberlo. Ningún otro hombre de los que había conocido se habría dado cuenta.

Roark suspiró y le dio un beso en la cabeza antes de apartarla.

–Vamos a desayunar.

Diez minutos después estaban en un taxi, de camino al centro de la ciudad. Roark la abrazaba por los hombros y ella iba acurrucada contra su cuerpo, encantada de que compartiese su calor con ella. La temperatura había bajado mucho.

Quince minutos más tarde, el taxi se detenía en la Quinta Avenida, delante de un elegante edificio residencial.

–¿Qué estamos haciendo aquí? –preguntó Elizabeth.

–Desayunar –respondió él, dándole un golpecito en la punta de la nariz.

–Pues no veo ninguna cafetería.

–Porque no la hay.

Roark pagó al taxista y salió del taxi. Elizabeth no tomó la mano que le ofrecía.

–¿No confías en mí? –le preguntó él.

Ella tomó su mano y respondió:

–Me da la sensación de que disfrutas desconcertando a la gente.

–Tal vez.

Elizabeth suspiró y se resignó a dejarse sorprender. Su curiosidad aumentó al ver que Roark saludaba al portero del edificio y entraba sin dar ninguna explicación.

Subieron en el ascensor hasta el último piso y Roark entró en el ático como si fuese suyo. A aquellas horas, las luces estaban apagadas y el piso, vacío.

–¿Quién vive aquí? –preguntó ella en un susurro.

–La señora Myott, que es quien cuida de la casa.

Roark dio la luz de la entrada y la hizo avanzar.

Había un pasillo lleno de obras de arte.

–¿Y no va a llamar a la policía cuando se dé cuenta de que estamos aquí? –le preguntó ella, deteniéndose delante de un cuadro–. Eso es un Monet.

–Sí –respondió él, empujándola por la espalda–. La cocina está por aquí.

Elizabeth se negó a moverse.

–No voy a dar un paso más hasta que no me digas de quién es esta casa.

Él sonrió con malicia.

–¿Dónde están tus ganas de aventuras?

Ella respondió arqueando las cejas.

–La casa es mía.

–¿Tuya? –preguntó Elizabeth sorprendida–, pero si vives en el Soho.

–Pero aquí es donde crecí.

–Es preciosa –le dijo ella, pensando que era todo lo contrario al loft del Soho, de paredes blancas y muebles modernos.

Allí los muebles eran antiguos, el papel de la pared era de damasco rojo, y los leones de mármol que flanqueaban la puerta del salón le indicaron a Elizabeth de dónde había sacado Roark el amor por la historia y las antigüedades.

–¿Por qué no vives aquí?

Él se puso ligeramente tenso.

–Porque me gusta más mi loft.

–¿Por qué no vendes entonces esta casa? –quiso saber ella.

–¿Quieres verla?

Elizabeth se dio cuenta de que había vuelto a evitar responder a su pregunta y lo vio sonreír mientras empezaba a contarle historias de su niñez. Parecía tener buenos recuerdos de aquella casa, pero a Elizabeth le pareció ver melancolía en su mirada.

Y entendió aquella tristeza. Ella también tenía recuerdos muy felices de su hermana, pero que se veían empañados por la triste realidad de que jamás volvería a estar con ella ni a oírla reír.

–Y este era mi dormitorio.

Sumida en sus pensamientos, Elizabeth se dio cuenta de que se había perdido las explicaciones.

–Muy agradable –comentó–. ¿Siempre ha estado decorado así?

Era una habitación amplia, empapelada de color marrón, y que no parecía la habitación de un niño.

Tenía una cama grande, con dosel. El techo estaba pintado de azul turquesa oscuro, el mismo color de las dos mecedoras que flanqueaban la chimenea de mármol.

–Creo que ha estado así desde que mi abuelo compró el piso.

Elizabeth contuvo una sonrisa.

–Pero no es precisamente tu estilo, ¿no?

–No, pero la cama es cómoda –le dijo, y antes de que a Elizabeth le diese tiempo a darse cuenta de sus intenciones, la tumbó en ella–. De adolescente, pasé mucho tiempo imaginándome cómo sería tener a una chica aquí.

Elizabeth dejó de pensar con el primer beso, enterró los dedos en su pelo y se dejó llevar.

A pesar de que habían pasado muchas horas juntos, volvió a desearlo, aunque Roark parecía querer tomarse su tiempo y besarla con languidez y ternura, cosa que hizo que a Elizabeth se le confundiese el corazón.

La noche anterior había decidido que mantendría aquella relación solo en el plano físico.

Durante los últimos días se había dado cuenta de que, además de desearla, a Roark le gustaba. Por eso había dejado de luchar contra la atracción que había entre ambos.

El único problema era que a ella también estaba empezando a gustarle él.

Alguien se aclaró la garganta a sus espaldas.

–Bienvenido a casa, Roark.

Una voz seca de mujer terminó con la tensión romántica que había empezado a sentir Elizabeth. Apoyó la mano en el hombro de Roark para empujarlo, pero él ya había soltado sus labios y había apoyado la cabeza en su frente. Tomó aire.

–Hola, señora Myott –respondió.

–He oído que te has comprometido –comentó la mujer–. ¿Es esta la afortunada señorita?

–Sí –respondió Roark, sonriendo a Elizabeth–. Elizabeth, me gustaría presentarte a la señora Myott. Señora Myott, mi prometida, Elizabeth. Le estaba enseñando la casa.

–Y has decidido empezar con tu habitación. ¿La has impresionado?

–Tendrás que preguntárselo a ella.

Elizabeth, a la que le estaban ardiendo las mejillas, se aclaró la garganta.

–Es muy bonita.

–Espero que también te guste el resto.

Elizabeth le dio a Roark un codazo en las costillas, pero él no se movió.

–Seguro que es preciosa –dijo ella.

–¿Preparo el desayuno?

–Danos una hora –contestó Roark.

–Muy bien.

Oyeron alejarse unas zapatillas de andar por

casa por el suelo de parqué del pasillo. Y Roark se dispuso a volver a besarla.

—Para —susurró Elizabeth—. No podemos seguir besándonos. Sabe que estamos aquí.

—No volverá, si es eso lo que te preocupa.

—No, no es eso.

—Entonces, ¿cuál es el problema?

Y entonces, ella lo empujó y se sentó. Y Roark se tumbó boca arriba y sonrió. A Elizabeth no le pareció gracioso, pero pensó que estaba muy guapo y tuvo que hacer un esfuerzo para no inclinarse a besarlo.

—Me apetece café —dijo en su lugar—. ¿Crees que la señora Myott se habrá puesto a prepararlo?

Apoyó los pies en el suelo y se alisó el pelo y la ropa.

Roark la abrazó por la cintura y le mordisqueó la oreja.

—No hace falta que te arregles por mí.

—No lo hago por ti.

—Lo haces por la señora Myott.

—Lo hago…

—Para causar una buena impresión.

Había dado en el clavo.

—No te preocupes —murmuró Roark, tomando su mano para guiarla por el pasillo—. Le vas a encantar.

—Eso da igual. No vamos a casarnos.

—Entonces, ¿por qué quieres causarle una buena impresión?

–Porque… –empezó ella, que tenía una respuesta a esa pregunta, pero no quería dársela–. ¿Esa era tu madre?

Estaban pasando por delante de la biblioteca. La habitación favorita de su madre. Todas las paredes estaban cubiertas de estanterías con libros, salvo donde estaba la chimenea y el impresionante retrato a tamaño real de Guinevere Black.

–Sí.

–Era preciosa –comentó Elizabeth, mirando el retrato–. Has heredado sus ojos.

–Y su amor por los libros –añadió él, oliendo a café–. Ven, la señora Myott ya ha empezado a preparar el desayuno.

–¿Por qué, si le has dicho que íbamos a tardar un rato?

A Roark cada vez le estaba gustando más ver a Elizabeth ruborizada y se preguntó cuándo había cambiado de gusto.

Siempre había preferido a las mujeres audaces y libres, independientes.

–Porque me conoce –respondió, abrazándola por la cintura para guiarla por el pasillo.

En los dieciocho años que había vivido allí, la cocina había sido un espacio amplio y práctico, con baldosines blancos en las paredes y grises en el suelo. Y encimeras impolutas.

Cinco años antes, cuando se le había pasado por la cabeza vender la casa, la había reformado en tonos más cálidos y la había convertido en un espacio elegante en el que cocinar y recibir.

Guió a Elizabeth hasta un taburete que había enfrente de la enorme isla central en la que la señora Myott estaba preparando el beicon y fue a por la cafetera. Al pasar al lado de la diminuta mujer de corto pelo moreno y ojos azules, sagaces, se inclinó sobre su hombro y miró la mezcla que había al lado de la máquina de hacer gofres.

–¿Queda algo de tu famosa mermelada de fresa?

–Preparé doce frascos este verano, todos para ti.

–Esa es mi chica.

La señora Myott lo miró de forma seca.

–Yo creo que estás muy ocupado con tu nueva chica.

–No tienes ni idea –murmuró él, tomando dos tazas de café y volviendo al lado de Elizabeth–. Espero que te gusten los gofres. La señora Myott hace los mejores gofres de Nueva York. Y espera a probar la mermelada.

–¿Puedo ayudar en algo? –preguntó Elizabeth.

–No es necesario. Estuve dieciocho años preparándole el desayuno a este chico, hasta que se marchó a servir a su país.

–Fue mi niñera –le explicó Roark.

–Vine a trabajar para la señora Black dos días después de que él naciera.

Su marido había fallecido en la invasión de Granada, en 1983. Roark todavía recordaba las fotografías de este de uniforme, y las historias que la señora Myott le había contado acerca de las misiones en las que había participado.

Debió de ser el motivo por el que él se alistó después en los marines.

–Y se quedó porque, cuando yo dejé de necesitar una niñera, ella ya formaba parte de la familia.

–Tu madre era un encanto.

–Entonces, tendrá muchas historias de cuando Roark era niño, ¿no? –comentó Elizabeth.

–Sí.

–Pero no te he traído aquí para eso –protestó él.

Elizabeth sonrió de manera pícara y él contuvo el impulso de besarla. Lo tenía hechizado.

–¿No? –preguntó ella antes de tomar un sorbo de café–. Podrías haberme llevado a cualquier cafetería de Manhattan, pero me has traído aquí. Supongo que es para que lo sepa todo de ti.

Roark se dio cuenta de que tenía razón y eso no le hizo ninguna gracia.

–En ninguna cafetería preparan los gofres como la señora Myott.

La expresión de la otra mujer se suavizó al oír aquello. Y mientras les servía los gofres con mermelada de fresa, empezó a contar a Elizabeth algunas historias acerca de Roark.

–Tu pobre tutor, podía haberle dado un infarto –comentó ella riendo, al enterarse de que Roark le había puesto algo debajo de la taza de café para que se le cayese encima.

–Le mentía a mi madre.

–Podías haber encontrado otra manera de contarle a tu madre que no te gustaba.

–Sí, pero no habría sido tan divertido.

Las dos mujeres se miraron y Roark se dio cuenta de que tenía que sacar a Elizabeth de allí. Si se quedaban mucho rato más, no quedaría ningún misterio por resolver. Y necesitaba mantenerla intrigada.

–Tengo que buscar un par de libros en la biblioteca de mi madre y después te llevaré a casa.

–Por supuesto –respondió Elizabeth, sonriendo a la señora Myott–. ¿Seguro que no quiere que la ayude con los platos?

–No es necesario. Este encantador joven reformó la cocina hace un par de años y tengo todos los electrodomésticos más modernos del mercado. No tardaré nada en recoger.

Mientras Roark buscaba los libros, ella paseó por el pasillo, cuyas paredes estaban cubiertas de obras de arte.

–Podría pasarme todo el día mirándolos –le dijo–. Es como vivir en un museo, pero es tu casa.

–La casa de mi madre. Yo vivo en un loft en el Soho, ¿recuerdas?

–¿Por qué no te llevas algunos de estos cuadros allí? A las paredes les vendría bien algo de decoración.

–Casi nunca estoy en casa. Debería prestar alguno a un museo –comentó, dándose cuenta de que, de repente, había dicho algo que había hecho que Elizabeth se encerrase en sí misma.

–Supongo que habría muchos museos interesados.

Elizabeth se giró para marcharse y él la agarró del brazo.

–¿Qué te pasa?

–Nada –respondió ella, pero no lo miró a los ojos–. Esta noche tengo un evento. Debería irme a casa a trabajar.

–¿Vendrás a la mía cuando termines?

–Será tarde.

–Te daré una llave. No importa que me despiertes.

Elizabeth se quedó boquiabierta.

–¿Una llave de tu loft? ¿Por qué?

–Yo creo que es obvio. Estamos prometidos. Puedes entrar y salir de mi casa cuando quieras.

–Lo de anoche… –empezó–. No estoy segura de entender lo que está pasando.

–Pues te lo voy a explicar. Lo de anoche fue increíble. Y me gustaría explorar lo que hay entre nosotros un poco más.

–No sé. Cuando accedí a ayudarte, se suponía

que era todo una farsa, que no iba a ser nada complicado.

—Lo que ha ocurrido entre nosotros no tiene nada de complicado.

—Tal vez no para ti, pero yo tengo la mala costumbre de implicarme demasiado con hombres como tú.

—¿Y qué clase de hombre soy yo? —preguntó él, molesto por la generalización.

—De los que se marcha sin despedirse y ve el compromiso como el paso anterior a la muerte.

—Y tú quieres estabilidad.

—Es más que eso, necesito sentir que puedo contar con la otra persona. Hace un año, mi hermana, su marido y su hija fallecieron en un accidente de tráfico. Era mi mejor amiga y fue como si me arrancasen un trozo de corazón. Estar sola es muy duro. Me da miedo empezar a contar contigo y que te marches.

El dolor de su voz traspasó a Roark. Recordó cuando lo habían llamado para informarle de que había fallecido su madre, sola y triste porque su único hijo la había abandonado.

—Te comprendo —le aseguró.

—Ahora que nos hemos acostado, es probable que empiece a querer algo más de ti. La verdad es que sería más fácil si no me atrajeses tanto, o si fueses peor en la cama.

Él se relajó al oír aquello.

—Entonces, ¿qué sugieres?

Elizabeth hizo una mueca.

–Dame algo de espacio para que me aclare un poco.

–¿Cuánto espacio? –le preguntó Roark, que volvía a desearla. En ese instante.

–Un par de días.

–Mañana por la noche tenemos la cena a beneficio del Hospital Infantil.

–Ah, es verdad –le dijo ella muy seria–. ¿Puedo contar con que controlarás tus muestras de cariño?

Él sonrió.

–Solo si tú me prometes lo mismo.

Capítulo Siete

–¿Y esta? –preguntó Elizabeth, pasando la punta del dedo por una cicatriz que tenía Roark en la parte derecha de las costillas.

–Me la hicieron en una callejuela de El Cairo.

Elizabeth llevaba una hora catalogando todas las marcas de su cuerpo, casi todas sufridas mientras intentaba hacerse con alguna antigüedad.

–Fui a obtener información y me encontré con la competencia.

Era casi medianoche y Roark estaba tumbado en la cama de Elizabeth con las manos detrás de la cabeza, una sonrisa irónica en los labios y completamente desnudo. Habían estado en la cena en beneficio del Hospital Infantil, donde había respetado el espacio de Elizabeth tal y como le había prometido.

–Tienes un trabajo muy peligroso –comentó ella–. ¿Qué pasará si se te acaba la buena suerte?

–¿Quién ha dicho que se trate de tener suerte? Me entrené con el Maestro Li en Wing Chun y con los marines. Soy el Jackie Chan de los buscadores de tesoros.

Elizabeth se dio cuenta de que estaba intentando quitarle hierro al asunto, pero no pudo evitar sentir miedo. «Olvídalo», se dijo a sí misma. «No es tuyo, no tienes que preocuparte de él».

–¿Y si diez hombres fornidos te hiciesen una emboscada?

–Correría todo lo que pudiera –respondió él, sentándose y abrazándola por la cintura–. Soy lo suficientemente listo como para saber cuándo tengo las de perder.

Sus ojos grises verdosos la estaban mirando muy serios.

A Elizabeth se le encogió el corazón. Quería besarlo hasta que se le pasase aquella tensión que tenía en el pecho, pero perderse en la pasión solo aumentaría su ansiedad. No resolvería nada.

Intentó reír, pero le salió un sonido hueco.

–Te crees muy listo –le dijo, dando un grito ahogado cuando Roark le mordió el cuello–, pero no estoy segura de que sepas cuándo debes parar.

Él la tumbó boca arriba y se colocó encima de ella para besarla.

Elizabeth gimió y separó los muslos para recibir su erección una vez más. Habían hecho el amor de manera frenética una hora antes.

Roark acababa de dejarse caer sobre su cuerpo, respirando con dificultad, cuando ella pensó que se le había olvidado cerrar la puerta de la calle. La idea de que un vecino hubiese podido verlos la hizo reír.

–No es de buena educación echarse a reír cuando te acaban de hacer el amor –le dijo Roark, acariciándole un pecho.

Ella abrió los ojos y lo vio con el ceño fruncido.

–Era solo… oh.

Roark tomó un pezón con la boca y lo chupó con fuerza. Lo más fácil era dejarse llevar por el placer. Ya se preocuparía por las consecuencias más tarde.

A lo mejor tenía que admitir que casi se estaba enamorando de Roark. Aunque si conseguía limitarse a disfrutar del momento, los siguientes meses serían mucho más divertidos.

¿Y si le rompía el corazón?

Sobreviviría. Al fin y al cabo, tenía práctica.

–Sigues sin prestarme atención –protestó él, metiéndole la lengua en el ombligo–. Tendré que hacerlo mejor.

Y bajó con la lengua hasta llegar a su sexo.

El placer fue tan intenso que Elizabeth dejó de respirar. Se agarró a la sábana y dejó que Roark la acariciase hasta estallar por dentro.

–¿Qué ha sido eso? –gimió poco después.

–Lo que te voy a hacer cada vez que no me prestes atención.

–En ese caso, te ignoraré al menos una vez al día.

Roark subió besando todo su cuerpo y cuando llegó a la boca, le metió la lengua dentro y la entrelazó con la suya.

–Es increíble –dijo, entrelazando los dedos con los suyos y quedándose quieto.

Elizabeth apoyó los pies en el colchón y levantó las caderas para que la penetrase más. Él la siguió y empezó a moverse despacio.

Después de hacer el amor con Roark por primera vez, Elizabeth había pensado que la experiencia había sido tan buena porque había tomado la decisión de manera consciente. No se había dejado seducir.

Pero en esos momentos se dio cuenta de que entre ambos había algo mágico que no había sentido hasta entonces. Encajaban a la perfección. Eran un cuerpo, una mente, un alma. Ella sabía lo que quería Roark sin que este se lo dijese. Y él anticipaba sus deseos como si pudiese leerle el pensamiento.

Se habría sentido aterrada de no ser porque en ese momento tuvo otro orgasmo espectacular.

–¿Estás bien?

El hecho de que Roark le preguntase antes de terminar él, la enterneció.

–Perfectamente.

Roark volvió a concentrarse y se movió con fuerza antes de llegar al clímax.

Después, enterró el rostro en su cuello y se quedó inmóvil. La relajación absoluta de Roark chocó con la energía que ella sentía en esos momentos, pero él la abrazó por la cintura y consiguió que se relajase.

–¿Puedo quedarme a dormir?

La pregunta la sorprendió. No supo qué responder. Dudó un instante y entonces se dio cuenta de que la respiración de Roark ya era profunda y acompasada.

Ella miró al techo. Su cuerpo estaba satisfecho, pero su mente estaba hecha un lío.

Pensó en sus relaciones anteriores y supo que había salido con suficientes cretinos como para saber que Roark no era otro de ellos.

–Como no cierres los ojos no te vas a dormir –murmuró Roark.

–Pensé que estabas dormido.

–Casi –respondió él, abriendo los ojos–. Pero estás tan pensativa que no he podido. ¿Qué te pasa?

–Estaba pensando en mi hermana. Me preguntaba qué le parecería lo que estamos haciendo.

–¿Crees que no le parecería bien?

–Siempre fue la voz de mi conciencia, desde niñas. Todo el mundo la adoraba. Nunca hacía nada mal o, al menos, no la pillaban. Para eso ya estaba yo. Siempre me echaban la culpa de todo.

–¿Crees que yo le habría caído bien? –preguntó Roark.

–¿Acaso no le caes bien a todo el mundo?

–Podrías dormirte contando todos los enemigos que tengo en el mundo.

–Entonces, lo diré de otra manera. ¿Acaso no gustas a todas las mujeres?

–Más o menos. No has respondido a mi pregunta.

–Le habrías gustado, sí.

–No te veo muy segura.

–Le habrías gustado –repitió ella con más convicción–, pero no para mí.

A la mañana siguiente, al llegar a su loft, Roark pensó en cómo había reaccionado ante las palabras de Elizabeth. A pesar de estar inmerso en sus pensamientos, pronto se dio cuenta de que no estaba solo. Fue a por un cuchillo a la cocina y después, se dispuso a buscar al intruso.

Fue directo a su despacho, pero no vio nada raro allí. Extrañado, se dirigió a su habitación.

La puerta estaba entreabierta. Con el corazón acelerado, la abrió de un golpe y oyó un grito procedente de la cama.

Sabeen estaba tumbada en ella, completamente desnuda.

–Levántate y vístete –le ordenó en tono brusco.

Ella se incorporó, todavía medio dormida, y se tapó los pechos con la sábana.

–Roark, ¿dónde estabas?

–Haciendo el amor con mi prometida. Te acuerdas de Elizabeth, ¿verdad? –le preguntó–. Es la única mujer que quiero tener en mi cama.

Sabeen se ruborizó, pero no tiró la toalla.

–Es demasiado sosa para ti. Necesitas una mujer apasionada. Alguien que pueda satisfacerte.

–Elizabeth me satisface más que ninguna otra mujer con la que haya estado –respondió él, diciendo la verdad.

–Conmigo todavía no has estado –replicó Sabeen, dejando caer la sábana.

–Ni estaré. Eres una niña, Sabeen. Elizabeth es una mujer.

–No la amas. Vuestro compromiso no es verdad.

–No sabes de qué estás hablando –le dijo él enfadado.

–¿No? Olvidas que soy tu amiga y sé dónde has estado el año pasado y que no salías con nadie.

Roark tomó su ropa de una silla y se la tiró.

–Vístete.

–Dime que la amas –lo retó Sabeen.

Roark no iba a mentir.

–Mi relación con Elizabeth no es asunto tuyo.

–No la amas.

–¿Y tú qué sabes del amor? –le dijo él, volviendo a la cocina a dejar el cuchillo y preparar café.

Mientras tanto, empezó a tranquilizarse y se preguntó cómo estaría Elizabeth. Deseó estar acurrucado a su lado, en el pequeño apartamento de ella.

Llevaban diez días sin parar de salir para que todo el mundo se enterase de que había pasado de ser un playboy a ser un hombre estable y responsable, y él ya tenía ganas de volver a El Cairo o a Kabul en busca de antigüedades.

La inquietud que lo poseía solo se calmaba cuando estaba a solas con Elizabeth. Se maldijo. Estaba a punto de domesticarlo.

–¿Puedo tomarme un café o vas a echarme a patadas?

Roark sirvió dos tazas y le dio una a Sabeen, que iba vestida con unas mallas negras y una minifalda verde. La bufanda negra y marrón que llevaba al cuello tapaba casi por completo la camisa de encaje blanco que llevaba puesta.

No iba vestida para seducir. Al parecer, se había metido en su cama de manera espontánea, sin premeditación.

–Dame la llave –le dijo Roark–. Tu hermano la tiene para poder entrar cuando yo estoy en el extranjero y necesito algo, pero tú no debes venir sin mi permiso.

Ella sacó la llave.

–Vine porque estaba preocupada por Darius.

–¿Y por eso te has metido desnuda en mi cama?

Ella bajó la vista.

–La boda está a la vuelta de la esquina y va a hacer alguna tontería… Estoy segura.

Roark se preocupó.

–La única tontería que podría hacer es ayudar a Fadira a escapar.

Al ver la expresión de Sabeen, Roark se dio cuenta de que aquello era precisamente lo que Darius pretendía. Juró y sacó su teléfono para llamarlo. Saltó el contestador y le dejó un mensaje.

Eso era lo que conseguía el amor. Que las personas se comportasen de manera imprudente, estúpida. Darius iba a arriesgar su libertad, e incluso su vida, solo por un rostro bonito. El chico tenía veinte años. Era demasiado joven para pasar el resto de su vida con una sola mujer.

Roark cerró los ojos y luego volvió a mirar su teléfono.

–¿Cuándo se ha marchado?

–Ayer por la mañana, creo.

Veinticuatro horas. Darius ya podía estar metido en un buen lío.

–Voy a hacer unas llamadas.

–Gracias.

–No lo hago por ti, sino por tu padre. Le prometí que os cuidaría. Aunque no sabía que iba a costarme tanto esfuerzo.

Capítulo Ocho

La exposición preventa de Waverly's había atraído a una multitud muy selecta. Elizabeth intentó no mirar boquiabierta a los asistentes, y se alegró de que Roark se hubiese empeñado en comprarle el vestido verde esmeralda que llevaba puesto.

Mientras miraba la colección que iba a subastarse, se tocó la pulsera de esmeraldas y diamantes, a juego con el collar, que habían pertenecido a la madre de Roark y que este le había prestado.

Roark parecía ausente a pesar de estar allí a su lado. Llevaba dos días muy distraído.

Su teléfono sonó y lo vio fruncir el ceño.

–Responde –le dijo ella, con la esperanza de que la llamada lo ayudase a calmar sus preocupaciones–. Yo voy a por una copa de champán y unas gambas.

El hecho de que Roark no hubiese compartido con ella sus preocupaciones le había vuelto a recordar a Elizabeth que su compromiso era solo una farsa. Y la había ayudado a no seguir enamorándose. Intentó no pensar en ello y sonrió.

Roark respondió al teléfono y se fue hacia la puerta.

–Elizabeth, estás preciosa.

Ella se giró y sonrió al ver a Charlotte, la esposa de Vance Waverly, el hermanastro de Roark.

La otra mujer estaba radiante con un vestido blanco sin tirantes y la larga melena rubia recogida hacia un lado.

–Me encanta tu vestido –respondió ella–. Pareces un ángel.

–Gracias, tú llevas unas joyas maravillosas. ¿Son regalo de Roark?

–No, son de la colección de su madre, me las ha prestado.

Charlotte sonrió.

–Entonces, serán tuyas cuando os caséis.

A Elizabeth se le hizo un nudo en el estómago, segura de que se le rompería el corazón el día que Roark saliese de su vida.

–A Vance y a mí nos gustaría que vinieseis a cenar a casa el Día de Acción de Gracias.

–¿Yo también? –preguntó Elizabeth, saliendo de sus pensamientos.

Charlie se echó a reír.

–Por supuesto. Pronto formarás parte de la familia. Además, Roark nos ha dicho que tenéis muchas cosas que hacer ese fin de semana y que, por lo tanto, no podrás ir a ver a tu familia.

El Día de Acción de Gracias haría un año del fallecimiento de su hermana. Elizabeth se sintió culpable. Si ella no hubiese estado tan ocupada por culpa del trabajo, Stephanie y su familia no se habrían desplazado para pasar el día con ella y no habrían tenido el accidente.

—Es todo un detalle por tu parte —respondió Elizabeth, que habría preferido poner una excusa, pero no fue capaz de articularla en ese instante.

—Podéis venir sobre las cuatro. Me alegro mucho de que podáis acompañarnos. Según me ha dicho Vance, Roark está poco en la ciudad, mucho menos en vacaciones. Y a Vance le gustaría pasar el día con él este año.

Elizabeth notó que la agarraban por la cintura.

—¿Te importa que te robe a mi prometida? Quiero presentarle a alguien.

—Por supuesto.

—Me ha dado la sensación de que necesitabas que te rescatasen —le murmuró Roark a Elizabeth al oído—. ¿Qué te estaba diciendo?

—Me ha invitado a cenar en su casa el Día de Acción de Gracias —le contó ella—. ¿Lo sabías?

—Vance comentó algo, pero se me había olvidado.

—Lo odio.

—¿El qué?

Las mentiras. Tener que fingir que no le afectaba que la invitasen a una celebración con su familia. El hecho de que no estuviesen comprometidos de verdad y de no ir a casarse.

Elizabeth se mordió el labio inferior con fuerza para tranquilizarse.

–Esta época del año –respondió suspirando–. Mi hermana y su familia murieron el Día de Acción de Gracias del año pasado. Venían a pasar el día conmigo.

–Elizabeth, lo siento mucho.

–No habrían muerto si yo me hubiese tomado el día libre, pero antepuse mi trabajo a mi familia. Y Stephanie no quiso que yo estuviese sola –continuó ella, riendo con amargura–. Y ahora siempre estoy sola en vacaciones.

–¿Y tus padres?

–Tienen su vida en Oregón. Se trasladaron allí hace siete años y solo volvieron aquí una vez, cuando nació Trina. Supongo que pensarás que estoy exagerando. Tú no estás casi nunca en Nueva York en vacaciones.

–Para mí todos los días son parecidos.

Por un instante, Elizabeth sintió lástima por él, que solo había tenido a su madre, y a la señora Myott. Aunque en esos momentos también tenía a Vance, Charlotte y a su hijo.

–¿Vas a ir a casa de Vance el Día de Acción de Gracias?

–¿Quieres que vayamos?

¿Le estaba dando a elegir?

–Sé que toda esta farsa está siendo difícil para ti –añadió él–. Si no quieres pasar el día con Vance y Charlie, lo entenderé.

–Lo sabía –dijo Sabeen, acercándose a ellos con mirada vengativa–. Sabía que no la querías.

Roark la agarró del brazo con fuerza.

–¿Has estado escuchándonos?

–Te he seguido para ver si tenías noticias de Darius –respondió ella–. Y he oído que en realidad no estáis prometidos, que es una farsa.

–Es por el bien de Waverly's, así que no dirás nada.

–¿Y por qué no finges conmigo?

–Porque tú habrías querido algo más.

Elizabeth se dio cuenta de que eso significaba que Roark contaba con que ella no quisiese nada más. Notó que se tambaleaba, pero hizo un esfuerzo por mantenerse firme.

–Tú y yo estamos hechos el uno para el otro –dijo Sabeen, apoyando las manos en su pecho–. Mi padre lo sabía. Por eso te pidió que me cuidases.

Roark la agarró de las muñecas y la apartó.

–Tu padre me confió vuestra fortuna y vuestro bienestar. Yo no estoy hecho para ti ni para nadie. Elizabeth está fingiendo que es mi prometida porque Rothschild quiere hundir a Waverly's y yo necesito que la junta directiva confíe en que Ann, Vance y yo somos el futuro de la empresa –le explicó–. ¿Lo entiendes?

–No –respondió Sabeen zafándose–. Yo te quiero. ¿Por qué no lo intentamos?

Roark puso los brazos en jarras.

–Sabeen…

Esta retrocedió diciendo:

–Esto no se ha terminado.

–¿Crees que se lo contará a alguien? –le preguntó Elizabeth a Roark cuando la otra mujer se hubo marchado.

–¿A quién se lo va a contar?

–Aquí hay unas doscientas personas entre las que podría elegir.

Roark le levantó la barbilla y la besó apasionadamente, y ella respondió como si los últimos diez minutos no hubiesen tenido lugar. Era demasiado fácil olvidarse de todo estando en sus brazos. Sus labios la transportaban a otro universo, a una nueva dimensión en la que los sentidos y la pasión lo controlaban todo.

–No te preocupes por Sabeen –murmuró Roark–. Está preocupada por su hermano. Cuando se calme, se olvidará de lo que ha oído esta noche.

–Espero que no estés subestimando el efecto que tu rechazo puede tener en ella –comentó Elizabeth–. Es una joven muy impulsiva y que siente algo muy fuerte por ti.

–Es una niña que debería estar pensando en sus estudios y en los chicos de su edad.

Elizabeth sacudió la cabeza, Roark no se daba cuenta de lo embriagador que podía llegar a ser su carisma en grandes dosis. Ella llevaba dos semanas sufriéndolo y no le extrañaba que la joven egipcia estuviese así.

–¿Es cierto que su hermano está en peligro? –preguntó.

–Sí, salvo que yo encuentre la manera de detenerlo.

–¿Por eso has estado tan preocupado los últimos días?

Roark arqueó una ceja.

–¿He descuidado tus necesidades?

–No –respondió ella, ruborizándose–. Es solo que has estado muy pendiente del teléfono.

Él puso gesto de preocupación.

–Ese chico está loco. Ha ido a El Cairo a buscar a Fadira para llevársela antes de que se case. Si lo capturan, podrían meterlo en la cárcel, o algo peor.

–¿Y no puedes impedirlo?

–Mis amigos lo están buscando –le contó él–. Además, no es seguro que Fadira quiera marcharse con él aunque vaya a buscarla.

–¿Cómo lo sabes?

–Al parecer, su familia tiene problemas. Por eso la obliga su padre a casarse.

–¿Problemas económicos? –preguntó Elizabeth.

–Los están chantajeando. Y Darius está intentando encontrar los documentos que exculparían a su padre y la liberarían a ella.

–¿Y no vas a ir a ayudarlo?

–Por el momento, tengo que estar aquí.

Pero Elizabeth se preguntó cuánto tardaría en marcharse en busca de aventuras.

***

Roark estaba en el gimnasio cuando sonó su móvil.

–¿Dígame?

–He encontrado a alguien que puede ayudarnos a encontrar a Mas.

No era la llamada que estaba esperando, pero también le valía.

–¿Dónde?

–En El Cairo.

Además de estar buscando a Darius, estaba intentando encontrar al ladrón que le había robado los documentos del Corazón Dorado.

–¿Cuánto tiempo hace?

–Dos horas. Tiene una novia en Agouza.

–Mantenlo vigilado, estaré allí dentro de doce horas.

Roark colgó y recogió sus cosas. Salió a la calle y tomó un taxi. Una vez en él, llamó a Vance.

–Tengo que atender unos negocios en El Cairo. ¿Podéis acompañar a Elizabeth esta noche en la gala?

–Charlie y yo cuidaremos de tu prometida, pero ¿estás seguro de que es buena idea salir de la ciudad en estos momentos?

–Es el momento perfecto. Tengo que recuperar los documentos que demuestran que el Corazón Dorado que he adquirido es auténtico y que no es el que han robado en Rayas.

–¿Y a Elizabeth no le parecerá mal que no pases el Día de Acción de Gracias con ella?

Roark prefirió no responder a esa pregunta.

–El compromiso no es real, ¿recuerdas?

Aunque en realidad sabía que era el aniversario de la muerte de su familia y Elizabeth contaba con él, aunque no se lo hubiese dicho. Y eso era precisamente lo que había intentado evitar cuando la había escogido para que fingiese ser su prometida.

–Ya lo sé, pero después de veros juntos pensé… –respondió Vance.

–¿Qué pensaste? –lo interrumpió Roark–. Es todo mentira.

–Bueno, pues parece verdad –le dijo Vance–. De hecho, si no te conociese tan bien, pensaría que sientes algo por Elizabeth.

–Lo hago por Waverly's. En cuanto todo esté arreglado volveré a Dubái, y Elizabeth, a su vida.

Pero Roark no pudo evitar pensar en lo que le había dicho su hermano cuando llegó a casa, a recoger la bolsa de viaje que siempre tenía preparada, y después se fue al helipuerto de Manhattan. Ya había contactado con alguien que le debía un favor y lo iban a llevar a Amsterdam, desde donde tomaría un avión para El Cairo.

El tráfico era lento, así que aprovechó para llamar a Elizabeth, que no respondió al teléfono. Él prefirió no dejarle un mensaje y colgó.

Esa mañana se habían despedido como si fuesen una pareja de verdad, a pesar de que solo hacía tres semanas que se conocían.

Roark se sintió culpable. Elizabeth había sabido en qué se metía cuando había accedido a ayudarlo. Él no era de los que disfrutaban dejándose domesticar. Le gustaba la aventura. Y no quería que nada ni nadie lo detuviese.

Se metió el teléfono en el bolsillo y fue hacia el helicóptero que lo estaba esperando y que lo conduciría al aeropuerto de Long Island.

El avión privado que lo llevaba a Amsterdam estaba a punto de despegar cuando por fin pudo hablar con Elizabeth.

–¿Qué tal tu reunión con Josie? –le preguntó.

–Como me imaginaba. Me ha dicho que solo me hará socia si consigo que Sonya Fremont confíe en nosotras. ¿Y si no lo consigo?

–Podrías despedirte y montar tu propio negocio.

Hubo un silencio y luego Elizabeth respondió:

–Eso me llevaría más tiempo y dinero del que dispongo.

–Tienes trece mil dólares.

–Ya sabes para qué quiero ese dinero.

Habían hablado del tema y Roark le había dicho que pensaba que era demasiado joven para atarse a un niño.

–Seguro que hay al menos un inversor en Manhattan que cree en ti y te ayudaría.

–No quiero tu dinero. Además, voy a empezar con la fecundación in vitro después de Acción de Gracias. Quiero ser madre cuanto antes, pero necesito más seguridad económica –le dijo con frustración. Bueno, ¿me llamabas para decirme a qué hora vas a pasar a recogerme esta noche?

–Te llamaba para decirte que no voy a poder estar en la gala, pero que quiero que vayas tú. Ya he hablado con Vance, Charlie y él te acompañarán.

–No voy a ir si tú no vas.

–Pues perderás la oportunidad de conocer a Sonya –le advirtió él.

–Está bien. ¿Y tú por qué no vas a poder ir?

–Porque tengo una pista acerca del ladrón que me robó los documentos del Corazón Dorado.

–¿Te marchas de la ciudad?

–Ya estoy en el avión.

Hubo un silencio al otro lado de la línea.

–Elizabeth, sabes que tengo que recuperar esos documentos.

–Por supuesto, lo comprendo. ¿Cuándo volverás?

–En un par de días. Como mucho, una semana.

–Te perderás la cena de Acción de Gracias, que es mañana.

–Lo sé. Y lo siento.

–No pasa nada –mintió Elizabeth.

–Espero que vayas a cenar a casa de Vance y Charlie.

–Pondré una excusa.

–Te esperan.

–Te esperan a ti con tu prometida –replicó Elizabeth–. Al parecer, hay una emergencia en la fiesta de los Chapwell. Cuídate.

Elizabeth colgó el teléfono antes de que a él le diese tiempo a responder. El avión se elevó en el aire y la presión apretó a Roark contra su asiento.

No pudo evitar sentir que lo que estaba dejando atrás era tan importante como lo que intentaba recuperar, pero lo que invadió su mente no fue la misión que tenía por delante, sino la noche anterior. Elizabeth desnuda encima de él, haciéndole el amor.

Se maldijo en silencio e intentó pensar en el presente.

–¿Le traigo algo? –le preguntó la azafata sonriendo.

Lo que quería era tomarse un whisky y quemar con él aquella emoción que lo estaba carcomiendo, pero eran las once de la mañana.

–Un café. Solo.

Lo mejor sería estar bien despierto para sufrir la culpabilidad que sentía en esos momentos. Era la segunda vez en su vida que huía de la mujer que más le importaba para seguir con sus propios planes. Y esperaba que en esa ocasión no le saliesen las cosas tan mal como en la primera.

Capítulo Nueve

En el salón del Waldorf–Astoria cabían seiscientas personas y estaba medio lleno cuando Elizabeth llegó del brazo de Vance, sintiéndose incómoda. Charlie y Vance habían sido muy amables con ella en ausencia de Roark, pero estaban recién casados y casi daba pena verla en su compañía.

Les pidieron que posasen para una foto y ella se apartó para que se la hiciesen solo a Vance y a su esposa, y entró en el salón dispuesta a fijarse en todo para futuros eventos que fuese a organizar. Impresionada con los altos techos y la decoración de los ventanales, en tonos negros y dorados, se preguntó cómo sería organizar una fiesta en un salón así.

Había cincuenta mesas para ocho personas y en el centro de cada una de ellas, un arreglo de rosas rojas y delfinios blancos que daba un toque de color a un entorno monocromático.

Buscó con la vista el lugar en el que tendría que sentarse antes de acercarse a la barra, que estaba al otro lado del salón. Pidió una copa de vino blanco y se quedó apartada de los invitados que iban reuniéndose en el centro de la habitación. La mesa en la que iban a sentarse los Waverly y ella estaba cerca del podio. El banco de alimentos era una de las organizaciones benéficas favoritas de Ann Richardson y esa noche se le iba a rendir un homenaje.

A Elizabeth se le aceleró el corazón al ver llegar a Sonya Fremont. Hacía diez días que le había enviado su propuesta y, al parecer, todavía no había tomado una decisión. Su futuro dependía de su capacidad para convencerla de que era la persona perfecta para organizar su evento.

Dejó la copa y fue en dirección a ella. Cuando estaba muy cerca la asaltaron las dudas. ¿Qué estaba haciendo? Lo único que le daba credibilidad en aquella clase de eventos era ir del brazo de Roark. Sin él era casi invisible.

—¿Señora Fremont? —le dijo sin pensarlo—. Soy Elizabeth Minerva, la…

—La prometida de Roark Black —terminó Sonya por ella sonriendo y tendiéndole la mano—. La chica lista que ha conseguido domar al aventurero más interesante de la ciudad.

—Yo no diría tanto —respondió Elizabeth, relajándose—. Yo estoy aquí y él, en un avión, de camino a…

De repente, se preguntó si Roark le había dicho adónde iba.

—La verdad es que no sé dónde está.

Sonya se echó a reír.

—Vaya, cariño, no me digas que ya le has perdido la pista –le dijo, entrelazando su brazo con el de Elizabeth y guiándola hacia la barra–. No te preocupes. Roark es de los que necesitan libertad.

–Parece que lo conoce bien.

–Mi marido lleva un tiempo siguiendo su carrera. En realidad, creo que a él le habría gustado tener la misma vida de joven, en vez de convertirse en banquero de inversión.

Mientras Sonya coqueteaba con el camarero, Elizabeth recuperó su copa de vino blanco y se preguntó cómo debía abordar el tema de su propuesta antes de sentarse a cenar.

–Supongo que te estarás preguntando si he escogido ya a la empresa que va a organizar la gala.

–¿Tanto se me nota? –preguntó Elizabeth sonriendo.

–¿Qué tal sigue mi vieja amiga Josie? –inquirió Sonya.

–Está bien.

–¿Sigue tan manipuladora como siempre?

–La verdad… es que en los tres años que la conozco, no ha cambiado mucho –respondió ella.

Sonya se echó a reír.

–Deberías haber sido diplomática, cariño. Me caes bien. Si no trabajases para mi peor enemiga, te contrataría sin dudarlo.

–Por favor, piénselo. Haría un trabajo increíble.

–¿Te ha contado mi vieja amiga lo que nos pasó?

–No –admitió ella.

–Hace veinte años era mi mejor amiga, pero dos semanas antes de mi boda, se acostó con mi novio.

Elizabeth se quedó de piedra y se dio cuenta de que su jefa le había pedido algo imposible. Así que no tenía nada que perder.

–Por favor, no crea que no comprendo el dolor que eso debió de causarle, pero no olvide que, desde hace doce años, ella ha estado manteniendo a un escritor sin obra publicada que todavía no le ha pedido en matrimonio, mientras que usted está feliz con un marido que la adora y puede permitirse vestir de Alexander McQueen y Dolce & Gabbana.

Sonya le dio un sorbo a su copa y miró a Elizabeth al mismo tiempo.

–¿Siempre eres tan directa?

–A algunos clientes les gusta que les diga la verdad. Aunque otros prefieren que se la endulce un poco.

–Y piensas que yo soy de los primeros.

–Sí.

–Si te contrato, ¿seguirás siendo igual de sincera?

Elizabeth se sintió aturdida. Estaba muy cerca de conseguir su meta.

–Me temo que sí.

–No te avergüences nunca de cómo eres –le

aconsejó Sonya–. Me gustas. Y me gustaría contratarte, pero prometí que nunca ayudaría a ganar ni un céntimo a esa mujer.

–Lo comprendo.

–Llámame si tomas la decisión de dejar la empresa de Josie. Creo que haríamos buen equipo.

–Será la primera en saberlo.

En cuanto Sonya se alejó, ella sacó su móvil y escribió un mensaje. Después de hacerlo, se dio cuenta de que lo primero que había hecho había sido compartir los resultados de su encuentro con Roark.

Desanimada, fue en dirección a su mesa, en la que ya estaba todo el mundo sentado.

Ann Richardson interrumpió una conversación al ver que se acercaba.

–¿Dónde está Roark?

Todo el mundo la miró.

–Tenía que hacer un recado –respondió.

Ann frunció el ceño.

–¿Qué clase de recado?

–Hola, siento llegar tarde –dijo Sabeen, sonriendo–. Roark me ha llamado y me ha pedido que sea tu acompañante esta noche.

–Qué detalle por su parte –murmuró ella.

–¿Y dónde está Roark? –volvió a preguntar Ann Richardson, mirando a Sabeen.

–¿No te lo ha dicho Elizabeth? Va de camino a El Cairo.

Elizabeth se preguntó si sería cierto.

–¿Se ha marchado del país? –preguntó Ann enfadada–. ¿Sin decírselo a nadie? ¿Y cuándo va a volver?

–Creo que dentro de una semana –comentó Elizabeth.

Sabeen sonrió con malicia.

–A mí me ha dicho que tenía pensado estar de vuelta el domingo.

Elizabeth se sintió furiosa y notó que Vance y Charlie la miraban con comprensión. No necesitaba la compasión de nadie. Roark y ella no estaban comprometidos, era todo falso. No hacía ni un mes que se conocían. Era normal que hubiese informado a Sabeen, a la que conocía desde hacía diez años.

Entonces, ¿por qué se sentía tan traicionada?

–¿Y también te ha contado a qué iba a El Cairo? –le preguntó Ann a Sabeen, ignorando a Elizabeth.

Los problemas relacionados con la estatua del Corazón Dorado habían creado mucha tensión entre Ann y Roark. Elizabeth deseó marcharse de allí e ir a comerse una tarrina de helado a su casa, pero tuvo que sentarse al lado de Vance y recomponer el gesto.

El hermano de Roark se inclinó hacia ella y le murmuró:

–Roark no ha invitado a Sabeen a esta fiesta.

–¿Cómo lo sabes?

–Jamás te habría hecho algo así. Sabeen lo ha hecho para humillarte.

Las palabras de Vance la animaron.

–Gracias.

Con expresión triunfante, Sabeen ocupó el sitio de Roark, pero Elizabeth se dijo que no iba a entrar en su juego. De todos modos, en cuanto Waverly's dejase de estar en peligro, Roark y ella seguirían cada uno su camino. Su competencia no era Sabeen, sino el mundo de las antigüedades.

Mientras Sabeen bebía una copa de vino blanco tras otra y hablaba sin parar, Elizabeth comió algo de salmón y deseó que terminase la velada.

El camarero se estaba llevando su postre intacto cuando oyó que Sabeen decía:

–Y cuando me explicó el motivo por el que se había comprometido con Elizabeth al día siguiente de conocerla, lo perdoné, por supuesto.

Elizabeth se quedó helada, lo mismo que el resto de la mesa. Todo el mundo miró sorprendido a Sabeen.

–¿Y qué te contó Roark exactamente? –le preguntó Ann a la joven.

–Que se habían comprometido porque Waverly's estaba en peligro. Uno de los miembros de la junta prometió que lo apoyaría si Roark demostraba que se podía confiar en él.

–¿Es eso cierto? –preguntó Ann.

Elizabeth tuvo la suerte de que, en ese momento, la directora del banco de alimentos subió al podio para presentar a Ann, que tuvo que levantarse de la mesa.

–No tenías que haber traicionado la confianza de Roark –le dijo Elizabeth a Sabeen.

–Pensé que ya se lo había contado él a todo el mundo. De todos modos, ¿qué más da? Lo está haciendo por ellos.

–¿Y si te ha oído alguien más? –preguntó Elizabeth, dándose cuenta después de que no merecía la pena intentar razonar con Sabeen.

–No me ha oído nadie. Y tú solo estás enfadada porque no puedes seguir fingiendo que Roark te quiere.

–¿De verdad piensas que me había hecho ilusiones con él? No soy una niña tonta, que piensa que puede manipularlo para que la quiera destrozando todo lo que le importa en la vida a él.

Tenía semejante tensión en el pecho que le costó respirar. Empezó a sudar.

La fuerte voz de Ann le retumbó en los oídos y se dio cuenta de que había una señora en otra mesa que, en vez de mirar a Ann, la estaba mirando a ella. ¿Habría oído lo que había dicho Sabeen?

De repente, se puso nerviosa. Si Roark hubiese estado allí, se podrían haber enfrentado a aquello juntos. La habría besado apasionadamente para hacer callar a todo el mundo. Sola, no se sentía capaz de contradecir a Sabeen. Lo único que podía hacer era intentar que no se le notase que estaba muerta de miedo.

Pero tuvo que hacer semejante esfuerzo que, cuando el discurso de Ann terminó, estaba agotada.

Se giró hacia Vance.

–Necesito marcharme –le dijo, poniéndose en pie.

Vance se levantó también y la agarró del brazo.

–Charlie y yo te llevaremos a casa.

–No. Quedaos. Estaré bien.

Fue hacia la puerta sin despedirse de Sabeen. Recuperó su abrigo del guardarropa con manos temblorosas y salió a la calle. De camino a casa sintió escalofríos a pesar de que en el taxi hacía calor. Cuando se quitó la ropa y se metió en la cama, lo hizo convencida de que jamás volvería a sentir calor.

El implacable sol del mediodía rebotaba en el asfalto, golpeando los ojos cansados y secos de Roark. Había escogido una pequeña mesa redonda situada al lado de la ventana y tenía junto al codo una taza de café que no había probado. Se limpió el sudor de la frente y estudió el tráfico que pasaba por delante de la puerta abierta del cafetín.

Estaba preocupado. Smith llegaba tarde y el único motivo factible era que algo hubiese ido mal. Era exmilitar y puntual como un reloj.

Su teléfono móvil vibró y lo primero que

pensó Roark era que se trataba de Elizabeth, que había respondido a uno de sus mensajes de texto. Le había enviado varios desde que había llegado a El Cairo, preguntándole cómo había ido la velada. Ella no le había respondido. Apretó la mandíbula.

Al principio había pensado que seguía enfadada con él por haberse marchado tan repentinamente y cuando más necesitaba ella su apoyo, pero después Vance le había contado lo ocurrido en la cena con Sabeen.

Se le hizo un nudo en el estómago. Lo primero que haría cuando volviese a Nueva York sería enseñarle a Sabeen lo que ocurría cuando alguien lo enfadaba. Después, se disculparía con Elizabeth y la besaría hasta perder el sentido. Eso, siempre y cuando ella quisiera verlo, por supuesto.

Sacó el teléfono de su bolsillo y leyó el mensaje: *Estoy fuera.*

Era de Smith, no de Elizabeth. Decepcionado, recordó que en El Cairo eran poco más de las doce del mediodía y, por lo tanto, en Nueva York, las cinco de la madrugada. Elizabeth no se despertaría hasta un par de horas más tarde.

Volvió a guardarse el teléfono y fue hacia la puerta. Una vez fuera, vio a Smith apoyado en la puerta del copiloto de un viejo Toyota marrón.

El alto y fuerte exmarine se apartó del vehículo al verlo llegar.

–Sube.

–¿Adónde vamos?

–A algún lugar tranquilo.

Otra de las características de Smith era su laconismo. Nunca solía decir más de cuatro palabras seguidas. Mientras Smith conducía, él le mandó otro mensaje a Elizabeth.

–¿Algún problema? –preguntó Smith.

Roark guardó el teléfono.

–Sí.

–¿De qué tipo?

–Femenino.

Smith gruñó.

–Raro en ti.

–Esta es diferente.

Smith arqueó una ceja.

–Me está haciendo un favor y se ha visto perjudicada por ello.

–¿Os estáis acostando?

En esa ocasión fue Roark el que dejó que la expresión de su rostro hablase por él.

Smith hizo una mueca.

–Idiota.

–Cállate.

Y aquello fue lo último que hablaron antes de que Smith abriese el maletero del coche.

–Tengo a un comprador de los objetos robados de Masler.

Estaban solos en un almacén vacío, a las afueras del Viejo Cairo. El edificio estaba cayéndose, pero era perfecto para lo que Smith tenía en mente.

–¿Y sabe dónde está Masler?

–Vamos a averiguarlo.

Los dos hombres sacaron a un egipcio aterrorizado del maletero y lo pusieron en pie sin soltarlo. Su rostro aceitunado estaba verde y Roark sabía el motivo: la brusquedad con la que había conducido Smith por la ciudad.

–No voy a deciros nada –dijo el hombre, después de que Smith lo hubiese sentado en una silla.

Roark acababa de atarlo de pies y manos cuando un coche negro entró en el almacén. Roark se puso nervioso y sacó el cuchillo que llevaba en la bota, pero Smith se limitó a mirarlo con desprecio.

–Llegas tarde –le dijo el exmarine al hombre que acababa de bajarse de él.

El hombre medía una cabeza menos que Smith y llevaba un cortavientos azul marino con un emblema de Interpol.

–Me dijiste a la una en punto. Son y cinco.

Smith respondió entre dientes y le dio una cámara a Roark y una cerveza al agente de Interpol. Antes de que el comprador de artículos robados supiese lo que iban a hacer, el agente de Interpol le dio un golpe en las costillas, haciéndolo revivir, y Roark les hizo una fotografía para inmortalizar el momento de celebración. Comprobó que esta había salido bien y le dio la cámara a Smith, que pasó la instantánea a su ordenador.

–Muy bien –le dijo este, dándole un sobre al agente–. Gracias.

Sin mirar el contenido del mismo, el de Interpol se guardó el sobre.

–Llámame cuando encuentres a Masler.

–Lo haré.

Roark miró al hombre que se hallaba en la silla mientras Smith trabajaba con el ordenador.

–Mi amigo está cargando la fotografía en la que sales con un agente de Interpol –comentó–. ¿Dónde vas a ponerla, Smith?

–En su página de Facebook.

–Yo no tengo página de Facebook –dijo el egipcio.

–Ahora, sí. Seguro que Masler se enfada cuando te vea tan contento con tu amigo de Interpol. Por no hablar de cómo reaccionarán el resto de tus clientes.

–Me arruinará.

–Te matará.

–Sí, me van a matar. No podéis hacerme eso –comentó el hombre asustado–. Está bien, os diré dónde está Masler.

–Habla –dijo Smith, tras dejar de teclear.

Una hora después, Smith y Roark lo dejaban a cierta distancia de su casa y luego iban al hotel de Roark.

Una vez en su habitación, Roark se sirvió un whisky solo.

–¿Crees que avisará a Masler de que le estamos siguiendo la pista?

–Lo dudo –dijo Smith, sirviéndose también una copa.

Eso significaba que Roark tenía que ponerle una trampa a Masler. Smith se tomó una segunda copa y fue hacia la puerta.

–Gracias por tu ayuda –le dijo Roark–. Y avísame si encuentras a Darius.

–Lo haré –le dijo Smith, deteniéndose en la puerta–. Esa chica, ¿te hace bien?

–Mucho.

–¿La quieres?

–No lo sé.

Smith sacudió la cabeza.

–Idiota.

–Sí –admitió Roark suspirando mientras la puerta se cerraba detrás de su amigo–. Soy un idiota.

Capítulo Diez

Elizabeth dudó antes de sacar el helado del congelador. Eran las siete de la mañana, demasiado temprano para empezar, pero había salido un artículo en la prensa que le daba una buena excusa para hacerlo.

La primera llamada que había recibido esa mañana había sido de Allison, que le había advertido que, efectivamente, alguien había oído la indiscreción de Sabeen la noche anterior. Después la había llamado Charlotte y luego, Josie. Pero tras hablar con Allison, Elizabeth había dejado que las dos siguientes llamadas fuesen respondidas por el buzón de voz.

Cerró la puerta del congelador y fue con el teléfono de vuelta a la cama. Allí, leyó la docena de mensajes que Roark le había enviado la noche anterior. Estos la animaron algo. Al parecer, Roark tenía remordimientos por haberla dejado sola.

Una hora después, volvió a salir de la cama y se dispuso a preparar el pastel de calabaza que había decidido llevar a casa de Vance y Charlie para la cena. Después de leer el artículo no podía salir de casa, pero eso no significaba que no pudiese celebrar el Día de Acción de Gracias.

Estaba trabajando la masa del pastel cuando llamaron a la puerta. Se limpió las manos y fue a ver quién era. Se trataba de Josie.

–Supongo que te habrás reído mucho de mí, fingiendo que estabas comprometida con Roark Black –le dijo su jefa sin tan siquiera saludarla–. Pues he venido a decirte que no solo no voy a hacerte socia de la empresa, sino que, además, estás despedida.

–Está bien. En ese caso, supongo que tendré que montar mi propia empresa. Y mi primera clienta será Sonya Fremont, que ha accedido a confiarme la gala.

Josie abrió la boca y volvió a cerrarla. Se había quedado sin habla.

–¿Sonya ha accedido a contratarnos?

–Ha accedido a contratarme a mí –la corrigió Elizabeth–. No quiere nada contigo.

–No puedo creer que me hayas hecho esto –le dijo Josie–. Después de todo lo que he hecho yo por ti.

–Me has despedido –le recordó Elizabeth.

–Le has hablado mal a Sonya de mí, ¿verdad? Por eso no quiere trabajar conmigo.

–Yo no le he dicho a Sonya nada de ti –respondió ella, pensando que Josie estaba loca.

–¿Y qué vas a hacer con los eventos que tienes este fin de semana? ¿Vas a dejarlos colgados también?

–Supongo que tenías que haber pensado en eso antes de despedirme.

Elizabeth le dio con la puerta en las narices y Josie gritó:

–Me aseguraré de que nadie quiera trabajar contigo.

Ella se preguntó qué ocurriría si no conseguía encontrar otro trabajo.

Esa semana había ido a la clínica de fertilidad para que le hiciesen un análisis de sangre, con la esperanza de poder empezar el tratamiento lo antes posible. Pero sin trabajo, no podría mantener a un hijo.

Se llevó las manos a la boca y tuvo que apoyarse en la puerta porque se le doblaron las rodillas. Se dejó caer al suelo y, una vez allí, se puso a reír con nerviosismo. Tardó un momento en darse cuenta de que, en realidad, estaba llorando.

Hacía un año del peor día de su vida y se había convertido en el hazmerreír de Nueva York y le había dado a su jefa con la puerta en las narices en vez de suplicarle que no la despidiese. Era perfecto.

Oyó que su teléfono móvil sonaba en la habitación. Se limpió las lágrimas de las mejillas y se levantó.

Antes de llegar a responder, saltó el contestador. Era Roark.

–*Elizabeth, Vance me ha llamado y me ha contado lo del artículo. Siento no estar allí para apoyarte, pero voy a tomar el primer avión de vuelta a casa. Mientras tanto, será mejor que no hables con la pren-*

sa, ni con nadie. Yo me ocuparé de todo cuando vuelva.

Su voz, enérgica y autoritaria, volvió a recordarle a Elizabeth que lo que había entre ambos era solo un acuerdo comercial. No obstante, deseó que la abrazase, poder apoyarse en él.

Se quitó de encima aquella sensación y volvió a la cocina. Cuando terminó el pastel, todo estaba cubierto de una fina capa de harina y el fregadero, lleno de platos.

Por segunda vez esa mañana llamaron al timbre. Miró por la mirilla antes de abrir la puerta por si acaso era algún periodista, y se sorprendió al ver a Vance Waverly.

Abrió la puerta.

—Hola —dijo él, arqueando las cejas al verla.

Elizabeth se dio cuenta, ya tarde, de que ella también debía de estar cubierta de harina.

—¿Qué estás haciendo aquí?

—Roark me ha llamado porque no ha podido hablar contigo. Está preocupado.

—Estoy bien.

—Ya lo veo. ¿Has estado cocinando?

—He hecho un pastel de calabaza.

—Entonces, es que vas a venir a cenar.

Elizabeth se dio cuenta de que se le había olvidado llamarlos para excusarse.

—No sé si es buena idea. Sabeen tenía razón. En realidad, Roark y yo no estamos prometidos. Tienes que saber que Roark solo quería salvar Waverly's.

–¿Y tú? ¿Qué piensas? –le preguntó Vance, apoyando la mano en el marco de la puerta–. ¿Por qué arriesgaría tanto una mujer como tú por un hombre al que casi no conoce?

–Roark también me está ayudando a mí –respondió Elizabeth.

Vance la miró divertido.

–¿Qué es lo que te hace tanta gracia? –le preguntó ella.

–Roark podría tener casi a cualquier mujer de Nueva York, pero te escogió a ti. ¿Te has preguntado el motivo?

–No.

–Pues a lo mejor deberías hacerlo.

El timbre del horno evitó que Elizabeth tuviese que responder a aquello.

–¿Quieres un café?

–Me lo serviré yo mismo mientras te arreglas.

Elizabeth estuvo a punto de decirle que no iba a ir, pero no le apetecía estar sola.

–Tengo que quitarme toda la harina, tardaré una media hora.

–Puedo esperar.

–¿Te da miedo que no aparezca si te marchas sin mí?

–Por supuesto que no.

Elizabeth no lo creyó, pero entendió que no confiase en ella.

Una hora más tarde llegaban a la palaciega casa que Vance tenía en Forest Hills. Charlie sonrió aliviada al verla llegar con su marido.

A pesar de que las habitaciones eran enormes, Charlotte había conseguido que fuesen acogedoras. Mientras se quitaba el abrigo, Elizabeth no pudo evitar comparar aquella casa elegante y hogareña con la de Roark, que parecía más un mercadillo que un hogar. Las dos viviendas eran tan distintas como los dos hombres que las habitaban.

Vance era un hombre de negocios muy rico y con una vida personal estable. Y su casa era elegante, perfecta.

Roark, por su parte, era un aventurero. Y había crecido en un ático de la Quinta Avenida. Era un hombre que no podía dejar atrás su pasado ni perdonarse a sí mismo.

Elizabeth sintió envidia al ver cómo Vance besaba a su esposa y levantaba a su hijo por los aires. El niño gritó contento y Elizabeth tuvo que apartar la vista. Se alejó y se sentó en un sillón desde el que se veía el jardín trasero de la casa.

Quería tener lo que tenía Charlie. Lo deseaba tanto que casi no podía respirar.

Quería un marido fuerte y estable. Un hijo adorable. Quería la seguridad de sentirse amada y respetada.

Pero había vuelto a enamorarse de otro hombre que no podía darle nada de eso.

¿No iba a aprender nunca?

***

El vuelo de Roark aterrizó en el aeropuerto JFK poco antes de las cuatro de la tarde del viernes y pasó la aduana sin ningún problema.

Fue directo a por un taxi. Tenía que ver a Elizabeth lo antes posible.

Un hombre de baja estatura y rasgos de Oriente Medio, vestido con un traje negro, se acercó a él.

–Señor Black, soy su chófer.

¿Quién le había enviado un coche? Vance conocía sus planes, pero nunca le mandaba un coche.

–No, gracias. Prefiero tomar un taxi –respondió.

–Pero si tengo un coche esperándolo.

–¿Quién te envía? –preguntó Roark.

–Tengo instrucciones de llevarlo a Waverly's. Debía de enviarlo Ann.

–No, gracias –repitió él. Necesitaba ver a Elizabeth.

–Pero…

Roark se metió en un taxi y cerró la puerta. Cuando el vehículo hubo arrancado, apoyó la cabeza en el asiento y cerró los ojos. No había podido dormir en todo el viaje pensando en Elizabeth.

A pesar de estar agotado, no se durmió. La había decepcionado al marcharse sin avisarla. Ella no se lo había dicho, pero lo había necesitado a su lado el Día de Acción de Gracias. Recordó lo solo que se había sentido al enterarse de la muerte de su madre. De niño, había estado muy poco con otros chicos de su edad. Le habían hecho falta muchos años para aprender a hacer amigos.

De hecho, podía contar con los dedos de una mano a las personas a las que consideraba sus amigos, y eran más bien colegas con los que podía contar cuando necesitaba ayuda.

Hasta que no había conocido a Elizabeth, solo había podido confiar realmente en Vance.

Se acercaron al restaurante en el que Elizabeth estaba organizando una fiesta de cumpleaños para uno de sus clientes. Antes de marcharse a El Cairo, habían quedado en que pasaría a buscarla a las siete para ir a cenar juntos. Y estaba allí para asegurarse de que esos planes no habían cambiado.

Entró en el local, pero no vio a Elizabeth, así que se acercó a tres mujeres que parecían estar organizando la fiesta.

—Estoy buscando a Elizabeth.

—Eres Roark Black —le dijo una de ellas—. He visto tu foto en el periódico esta mañana. Elizabeth no ha organizado esta fiesta. Ni va a organizar ningún otro evento para Josie Summers. La ha despedido.

Roark vio satisfacción en el rostro de la mujer y se dio la vuelta sin responderle.

Era evidente que aquello había sido culpa suya.

Tomó otro taxi y fue hacia su casa. Elizabeth

le abrió la puerta como si hubiese estado esperándolo. Su expresión no era ni de sorpresa ni de alegría, y Roark pensó que le iba a dar con la puerta en las narices, pero lo que hizo fue retroceder, sin invitarlo a entrar.

–Sabeen dijo que no ibas a volver a Nueva York hasta el domingo –le dijo.

Roark entró en el apartamento y dejó su petate cerca de la puerta.

–Sabeen no tiene ni idea de mi vida.

–Al parecer, nadie tiene ni idea de tu vida.

Llevaba un jersey de cuello vuelto negro que la hacía parecer todavía más pálida y se había recogido el pelo en una deslucida coleta. Tenía los brazos cruzados y los hombros caídos. Aquella no era la mujer llena de vida a la que le había hecho el amor el miércoles por la mañana.

–He ido al restaurante, pero me han dicho que te han despedido.

–Josie ha pensado que mi presencia en su empresa no la podía beneficiar.

–Podemos arreglarlo.

En vez de responder a aquello, Elizabeth se acercó a la mesa del comedor y tomó un sobre.

–Toma.

–¿Qué es?

–El dinero que me diste.

Él levantó ambas manos para hacerle saber que no iba a aceptarlo.

–Te lo di a cambio de tu ayuda.

–¿Qué ayuda? Gracias a Sabeen, todo el

mundo sabe que nuestro compromiso es una farsa. Tu reputación está todavía peor que antes.

—Es su palabra contra la nuestra.

—Es más que eso —lo contradijo ella—. Yo no puedo seguir fingiendo.

Su rechazo le dolió, pero lo entendió. No había estado a su lado cuando más lo había necesitado.

—Quédate con el dinero. Este desastre ha sido culpa mía, no tuya.

—No me siento bien aceptándolo.

—¿Y cómo vas a pagar el siguiente tratamiento?

Elizabeth levantó la barbilla.

—Me las arreglaré.

—Eres una testaruda.

A lo mejor habría aceptado de no haberla visto tan ojerosa. Si no dormía por las noches era por su culpa. Y se había quedado sin trabajo. Si él hubiese pospuesto su viaje un par de días, Elizabeth no habría tenido que enfrentarse a Sabeen sola.

—¿Te has olvidado de que no tienes trabajo?

—No.

Roark se sintió frustrado.

—¿Por qué no me dejas que te ayude?

—Porque no puedo aceptar nada tuyo.

—¿Por qué no? Pensé que éramos amigos —le dijo él, dándose cuenta en ese momento de que la consideraba algo más.

¿A quién pretendía engañar? Lo que tenían era mucho más que una amistad.

Pero ¿qué podía esperar de ella, si ni siquiera sabía lo que estaba dispuesto a ofrecerle?

Se acercó y enterró los dedos en su pelo, deshaciéndole la coleta antes de inclinar la cabeza.

Después de dudar solo un instante, la besó apasionadamente y apretó su cuerpo con fuerza.

Cuando había pensado en cómo conseguir que lo perdonase, embriagándola con sus besos, no había imaginado semejante pasión. Elizabeth metió los dedos por debajo de su camisa para acariciarlo y él dejó de pensar y tiró de ella, abriéndosela. La camisa cayó a sus pies, encima de la cazadora de cuero. Un segundo después, estaba tomando a Elizabeth en brazos para llevarla a la cama.

Ya estaba tumbada en ella cuando Elizabeth le dijo:

—Espera.

Roark llevaba días esperando y hacía tiempo que había perdido la paciencia. La besó en el cuello y le acarició un pezón endurecido a través de la camisola de seda negra que llevaba puesta. El jersey de cuello vuelto estaba en el suelo.

Elizabeth arqueó la espalda y le ofreció su cuerpo, pero después le dijo:

—Roark, para. Estoy enfadada contigo.

Él pasó los labios por su piel, justo encima

del escote de encaje de la camisola, pero no siguió bajando. Sabía que Elizabeth no iba a perdonarlo tan fácilmente.

–Siento haberme marchado así.

–¿Lo sientes? –le dijo ella, empujándolo para apartarlo y sentándose en la cama–. ¿Tienes idea de lo que he pasado estos tres últimos días?

–Me lo puedo imaginar.

–Sabeen me humilló delante de tus amigos y he salido en la prensa. Me has preguntado por qué quiero devolverte tu dinero. Es porque ahora mismo no puedo permitirme tener un hijo.

–Deja que te ayude.

–No puedo hacer esto –respondió ella, levantándose de la cama.

–¿El qué?

–Esto –dijo, señalándose y señalándolo a él–. No tenía que haberte dejado entrar.

–¿Y por qué lo has hecho? –le preguntó Roark, poniéndose delante y apoyando las manos en sus caderas.

–Lo nuestro se ha terminado –le dijo Elizabeth, ignorando su pregunta.

–No tiene por qué –le dijo él.

–¿Y se supone que tengo que darte las gracias porque quieras estar conmigo a corto plazo? –inquirió ella–. ¿Y luego tú te irás por tu lado y yo por el mío?

Roark pasó la mano por su espalda, deseó desnudarla. Vio que ella ya no tenía los puños cerrados, que ya no estaba tan enfadada.

–¿Puedo darme una ducha?

–Supongo que sí –respondió Elizabeth confundida.

No había esperado que Roark retrocediese tan pronto y se sintió perdida.

–Gracias. El viaje ha sido largo –dijo él, dándole un beso en la nariz antes de ir hacia el baño.

–¿Y por qué no has ido a ducharte a tu loft? –le preguntó ella.

–Porque tu casa estaba más cerca.

–¿A eso has venido? ¿A ducharte?

Roark sonrió mientras abría el grifo. La decepción en el tono de voz de Elizabeth le daba esperanzas. Desnudo, se acercó a la puerta para que Elizabeth viese lo que se acababa de perder.

–No, he venido a verte. No he podido dejar de pensar en ti en todo este tiempo –le dijo.

No habría podido disfrutar más de la expresión del rostro de Elizabeth, que lo miraba con deseo, como si le estuviese costando un esfuerzo enorme mantenerse alejada de él.

–¿Qué tal en El Cairo? –le preguntó ella, apartando por fin la mirada–. ¿Encontraste a Darius?

–No, se había ido cuando yo llegué.

–¿Y la otra cosa que estabas buscando?

–Tengo una pista.

–¿Una pista? –repitió ella molesta–. ¿Y cuándo vas a volver a marcharte otra vez?

–Dentro de una semana más o menos –le respondió Roark, metiéndose en la ducha.

–Estás haciendo algo peligroso, ¿verdad? –le dijo Elizabeth, entrando en el baño para continuar la conversación.

–Tiene cierto peligro, pero tomo todas las precauciones posibles.

–Yo no accedí a esto –protestó ella, abriendo la puerta de la ducha–. Mi vida era tal y como yo quería que fuese antes de que llegases a ella.

Roark la agarró de la muñeca y la metió bajo el chorro de agua con ropa y todo.

–Y volverá a ser así –le aseguró, quitándole la camisola que llevaba puesta.

–¿Después de que tú te hayas marchado? –inquirió Elizabeth, poniéndose de puntillas para tomar su rostro.

Él la abrazó y vio angustia en sus ojos.

–En cuanto me hagas caso y montes tu propio negocio, y utilices el dinero que te di para quedarte embarazada.

–Gracias por recordarme lo más importante de mi vida –le dijo antes de besarlo.

Capítulo Once

Elizabeth partió una lechuga y vio cómo Roark hablaba por teléfono. Eran las siete de la tarde. La lasaña que había preparado un rato antes estaría lista para sacarla del horno en diez minutos. A juzgar por el tono de voz de Roark y el gesto de su boca, era posible que no se quedase a probarla.

–¿No puede esperar hasta el lunes? –preguntó–. Me da igual lo que quiera Ann.

Elizabeth no pudo oír nada más porque Roark se fue al cuarto de baño.

Meterse en la ducha con él había sido un error. Había perdido la oportunidad de cortar su relación por lo sano. El atractivo de aquel hombre era su talón de Aquiles.

–Me han llamado para que vaya a Waverly's, a reunirme con Ann Richardson. Al parecer, no puede esperar al lunes por la mañana –le contó, abrazándola por la cintura–. Puedo volver dentro de una hora.

–Creo que no deberías hacerlo –respondió ella, haciendo acopio de valor.

–¿Qué te pasa? Pensé que lo habíamos arreglado.

–Lo sé. Siento haberte confundido con mi comportamiento –respondió ella, sin mirarlo a los ojos–. No podemos seguir viéndonos. Cada vez que te marchas me pregunto si será la última vez que te veo. No puedo vivir con esa incertidumbre. Me está destrozando.

–Elizabeth…

–Por favor, entiende que es muy difícil para mí –insistió ella en un susurro.

–No tiene por qué serlo. Cada vez me importas más.

Aquello era mucho decir, procediendo de Roark. Elizabeth tuvo que luchar por mantenerse fuerte.

–Y tú a mí. Por eso necesito que dejemos de vernos antes de que me hagas daño.

Eso era mentira. Ya le estaba haciendo daño.

–No quiero perderte –le dijo Roark, tomando su rostro con ambas manos y buscando sus ojos.

–Por favor, no me pidas que sea tu amiga –le dijo ella, intentando sonreír, sin éxito–. Siempre habrá esa tensión sexual entre nosotros. Nos acostaremos otra vez y luego tú volverás a marcharte porque nunca serías feliz instalándote en Nueva York.

–Lo tienes todo pensado, ¿verdad?

–Por eso decidí tener un hijo sola, porque siempre me enamoro del tipo equivocado.

–Como yo.

–Como tú.

–Entonces, si me importas de verdad, debería dejarte en paz.

«No, si te importo de verdad, deberías quedarte en Nueva York y pasar el resto de tu vida haciéndome la mujer más feliz del mundo».

–Sí, deberías dejarme en paz. Ya no hay ningún motivo para que estemos juntos.

–Entonces, te dejaré –le dijo Roark, dándole un beso en la frente y recogiendo su petate para marcharse.

Elizabeth se preguntó si estaría cometiendo un error dejándolo marchar.

–Roark…

Él se giró al oír su nombre.

–Terminaría haciéndote daño. Y nunca he querido eso. Tienes que hacer lo que es mejor para ti. Adiós, Elizabeth.

Ella debió sentirse agradecida, pero no pudo. Notó que se le encogía el pecho y le ardían los ojos.

Se había enamorado de él a pesar de intentar evitarlo por todos los medios.

Roark tomó un taxi delante de la casa de Elizabeth y se dirigió a Waverly's. No había esperado que el día terminase así. Se le había hecho la boca agua con la lasaña y se había dado cuenta de que llevaba doce horas sin comer nada. Con Elizabeth entre sus brazos, nada más importaba.

Entonces, ¿por qué había permitido que lo

echase de su vida? Su instinto le decía que debía luchar por ella. Irse de su casa había sido lo más difícil que había hecho en toda su vida. Si no hubiese sido por la decisión que había tomado después de la muerte de su madre, a lo mejor...

¿Qué?

Elizabeth quería de él algo que no podía darle. Una familia. Seguridad. Él no estaba hecho para serlo todo para otra persona. ¿Acaso no le había fallado a su madre? Por eso había jurado no volverle a hacer daño a nadie nunca jamás.

El taxi lo dejó delante de Waverly's. A esa hora del viernes, todas las luces del edificio estaban apagadas, salvo las de la planta más alta, donde tenían los despachos los directivos.

Kendra Darling le abrió la puerta al verlo acercarse. Le recordaba a Elizabeth. Una mujer trabajadora, que escondía su feminidad debajo de unas gafas de concha azules y unos pantalones nada elegantes.

–Trabajas hasta tarde –le dijo él, entrando al edificio.

–Me han pedido que te acompañe arriba –le dijo la secretaria de Ann.

–¿Piensa Ann que no conozco el camino?

–Como rechazaste el coche que te envié, ha insistido en que me asegure de que llegas bien.

–Después de ti.

Ann no estaba detrás de su escritorio cuando Kendra lo hizo entrar en el despacho de la directora ejecutiva. A juzgar por cómo iba y venía junto a la ventana, algo debía de ir muy mal.

–¿Dónde estabas?

–En El Cairo.

–¿Cómo te has atrevido a marcharte sin decirme nada?

–Tenía que arreglar un asunto.

–¿Sabes lo que ha pasado?

–Cuéntamelo.

–Su Alteza Raif Khouri ha llamado. A su tío Mallik lo ha dejado plantado su novia en el altar.

Roark se sintió aliviado, Darius había conseguido que la mujer a la que amaba no se casase con otro hombre.

–¿Y qué tiene eso que ver conmigo?

–Dice que el robo de la estatua del Corazón Dorado ha hecho que caiga una maldición sobre su familia.

–Los problemas de su tío no tienen nada que ver con la estatua.

–Ya lo sé, pero Raif quiere que saquemos nuestra estatua. Está convencido de que es la que robaron de palacio.

–No lo es.

–Entonces, demuéstralo.

–No puedo.

–¿Por qué?

–Porque me han robado los documentos que demuestran su procedencia y tengo que recuperarlos. Si no, el príncipe dirá que la estatua es suya y jamás podremos recuperarla.

—No creo que hiciera eso.

—Tal vez no, pero es de mí de quien sospecha el FBI.

—La reputación de Waverly's depende de esa estatua —le recordó Ann, enfadada y preocupada.

—Lo sé.

—Necesito la estatua. El jueves que viene voy a ir a Rayas a reunirme con Su Alteza, y espera que la lleve.

—Estoy intentando recuperar los documentos, pero no podré tenerlos hasta el próximo jueves.

Salió del despacho de Ann y pasó por el de Vance, que estaba vacío. Desde que Charlie había entrado en su vida, sus prioridades habían cambiado y lo que más le importaba era su familia.

¿Tan sencillo sería?

Roark llamó el ascensor e intentó relajar los hombros, pero no pudo.

Si no recuperaba los documentos robados, no podría demostrar que la estatua que había conseguido no era la que había desaparecido del palacio de Rayas.

Y luego estaba Darius, que le había robado la novia a Mallik Khouri.

Y lo peor era que había perdido a la única luz que había iluminado su vida. Elizabeth. No sabía cómo podía hacer para que cambiase de opinión, ni si debía intentarlo. Merecía ser feliz y, si estar con él la hacía infeliz, era mejor que la dejase.

Estaba saliendo de Waverly's cuando sonó su teléfono. Era Smith.

–Los tengo –le dijo el exmarine.

Roark se sintió aliviado.

–¿Están bien?

–Sí. Llegarán a Nueva York mañana.

De fondo se oían risas y conversación.

–Tráelos a mi loft. Pueden quedarse allí hasta que estemos seguros de que Fadira está a salvo de su padre y de Khouri.

Roark tomó un taxi y fue al apartamento que habían compartido Darius y Sabeen. Esta estaría deseando tener noticias de su hermano.

–Darius y Fadira están bien y vienen de camino a Nueva York –le anunció en cuanto Sabeen abrió la puerta.

Ella gritó y le dio un abrazo.

–Estaba muy preocupada –le dijo, sonriendo por fin–. Entra y tómate una copa para celebrarlo.

–No puedo –le respondió él.

–Una copa –lo tentó Sabeen.

Roark se cruzó de brazos.

–¿Qué te pasa?

–¿Y me lo preguntas, después de lo que le hiciste a Elizabeth en la gala?

Ella lo desafió con la mirada.

–¿Estás enfadado porque todo el mundo sabe que no estabais prometidos?

–Te pedí que guardases el secreto. Elizabeth se ha quedado sin trabajo. Y Waverly's tiene más problemas que nunca. ¿En qué estabas pensando?

–En ser yo la mujer que ocupase tu vida.

–¿Esa es tu excusa? ¿Estabas celosa de una mujer con la que estaba fingiendo estar prometido? –dijo, quitando importancia a sus verdaderos sentimientos por Elizabeth.

–A lo mejor ella fingía, pero tú, no –replicó Sabeen–. He visto cómo la miras. Estás enamorado de ella, pero no te corresponde.

–No sabes de qué estás hablando –le advirtió Roark.

–Sé cuándo una mujer está enamorada. Lo siente aquí –le dijo, tomando su mano y llevándosela al corazón–. Y se le nota aquí.

Y señaló sus ojos.

–Mira mis ojos. Mira cómo arden por ti –añadió.

Roark la miró a los ojos, pero solo vio inseguridad en ellos.

–Te voy a quitar la paga hasta que vuelvas a merecértela. Esta semana has demostrado que eres una niña con cuerpo de mujer. Lo has tenido todo demasiado fácil y por eso no has madurado.

Aquello enfadó a Sabeen.

–Soy una mujer. Una mujer que te ama.

–Una niña que me quiere. Como a un hermano mayor –la corrigió él–. Darius está con su princesa y planea casarse con ella. Y a ti te da miedo que Elizabeth me aleje de ti. Tienes miedo de estar sola.

Una lágrima corrió por la mejilla de Sabeen, pero sus ojos lo miraron con dureza.

–Te odio.

Roark se marchó de allí sintiéndose muy mayor a pesar de tener solo veintisiete años, pero no le apeteció ir a su loft.

Cuarenta minutos después llegaba a la casa de su madre. Había llamado antes para avisar a la señora Myott de su llegada. Esta le había dejado preparada la cena y Roark se sentó en la cocina a comérsela. La carne, cocinada a fuego lento, se deshacía en la boca.

La señora Myott se tomó un café.

–¿Cuándo has comido por última vez?

–En el avión. No he parado desde que he aterrizado.

–Hoy ha llegado un sobre para ti –le dijo ella, dándole un sobre de papel manila.

Roark dejó el tenedor y lo tomó. Llevaba su nombre. Lo abrió con el cuchillo y sacó de él otro sobre más pequeño con la letra de su madre.

Estaba dirigido a Edward Waverly.

–¿Quién lo ha enviado?

–No lo sé. Lo recogió el portero.

–¿Te dijo qué empresa de mensajería lo había traído?

–No se me ocurrió preguntárselo –admitió la señora Myott, que también había reconocido la letra y parecía triste–. ¿Por qué te querría enviar alguien una carta que tu madre escribió para Edward Waverly?

–No tengo ni idea.

Roark sospechaba que su madre le había contado a Edward que estaba embarazada y que él nunca le había respondido. Sacó la hoja de papel que había en el sobre, esta llevaba una nota que decía:

Tu madre envió esta nota a Edward Waverly. Eres tan Waverly como Vance.

Aquella no era la letra de su hermano. Intrigado, le dio la nota a la señora Myott y desplegó la hoja de papel:

Mi amor:

Te he ocultado un secreto todos estos años y lo siento. Tienes un hijo. Roark cumplió dieciocho años ayer y se alistó en los marines. Estoy orgullosa de él, pero también me siento arrepentida.

Ahora sé que, al intentar mantenerlo a mi lado todos estos años, lo que he conseguido es alejarlo de mí.

Siento no haberte dicho antes la verdad. Cuando te marchaste, me quedé destrozada. Tardé meses en aceptar que no podía culparte por continuar con tu vida. Yo nunca habría sido la esposa que necesitabas. El mundo, más allá de estas paredes, es demasiado grande y aterrador para mí. Al final, mis miedos han sido más fuertes que el amor que siento por ti.

He pasado muchas noches preguntándome si debía contarte lo de Roark. Al final, temí que quisieras quitármelo. No habría podido soportar perder a los dos hombres a los que más he querido. Por favor, no pagues tu ira con Roark. Ha sido un chico testarudo y listo que se ha convertido en un hombre decidido e inteligente. Estarás orgulloso de reconocer que es tu hijo.

Siempre tuya,
Guinevere

Aquella era la confesión que Roark había esperado que su madre le hiciese toda la vida. Miró la letra de esta, se sentía aturdido.

Ni siquiera le importó que Edward Waverly no lo hubiese buscado después de enterarse de la verdad. ¿De qué servía enfadarse con un hombre que llevaba cinco años muerto? En el fondo, se alegraba de haber podido iniciar una relación con Vance sin la carga de su padre.

Entonces se dio cuenta de que algo había cambiado en él. Ya no iba a necesitar buscar su lugar en el mundo. Sabía cuál era. Quién era. Era un Waverly, y tenía que hacer todo lo que estuviese en su mano para salvar la casa de subastas.

–Roark, ¿estás bien? –le preguntó la señora Myott, que estaba a su lado, tomándole la mano.

Él parpadeó.

–Estoy bien. Necesito hacer una llamada.

Por suerte, Elizabeth respondió enseguida.

–¿Roark?

–Alguien ha dejado en casa de mi madre una carta que ella le envió a Edward Waverly hace diez años, hablándole de mí.

–¿Quién la ha dejado?

–Un mensajero. No tengo ni idea de dónde ha salido.

–¿De Vance?

–No, no es su letra.

–Qué raro.

–Estoy seguro de que si Vance hubiese encontrado esta carta cuando falleció su padre, me la habría dado inmediatamente a mí.

–¿Y por qué ha aparecido ahora?

–Porque Waverly's tiene más problemas que nunca. La nota que acompaña a la carta dice que soy tan Waverly como Vance. La casa de subastas también es responsabilidad mía.

–¿Y qué vas a hacer?

–Luchar.

–¿Cómo?

–Me vendría bien que alguien me ayudase.

–Tienes a Vance y a Ann.

–Yo estaba pensando en ti.

–¿En mí? –dijo ella sorprendida–. Yo no puedo ayudarte, Roark. Aunque todo el mundo creyese que estamos prometidos, no te quedarías en Nueva York el tiempo suficiente para salvar a Waverly's.

–¿Y si resulta que he cambiado?

–No creo que puedas, ni que quieras –le dijo ella en voz baja–. A lo mejor tienes que dejar que Waverly's se hunda. Ann es brillante, encontrará otro trabajo. Y Vance tiene otros negocios.

–¿Y todas las demás personas que trabajan en la casa de subastas?

Elizabeth se quedó callada y Roark intentó contener la frustración.

–Lo siento, no puedo ayudarte, Roark. Espero que puedas salvar Waverly's. Te veo dispuesto a conseguirlo.

–Gracias por confiar en mí. Buenas noches, Elizabeth.

–Adiós, Roark.

Capítulo Doce

El lunes después de Acción de Gracias amaneció con el cielo despejado y temperatura suave. Elizabeth se vistió, pero no tenía adónde ir, así que se dirigió a la cafetería de la esquina para, por lo menos, salir de casa.

Después de pasar el domingo actualizando el currículum, había mandado un correo electrónico a todas las competidoras de Josie, pidiéndoles que le diesen una oportunidad.

Pasó una hora bebiendo café y mirando por la ventana. ¿Qué pasaría si no encontraba trabajo? ¿Cómo iba a empezar de cero?

Tras hacer cinco llamadas, los nervios se convirtieron en miedo. Tres personas le habían dicho que Josie había amenazado a quien la contratase.

Estaba hundida.

En ese momento sonó su teléfono. El número era desconocido.

—¿Elizabeth Minerva?

—Sí.

—Espere un momento. Le paso con la señora Fremont.

A Elizabeth se le aceleró el corazón al pensar que Sonya Fremont la estaba llamando.

—Elizabeth. Me dijiste que me llamarías si te librabas de tu jefa.

—Lo sé, pero di por hecho que después del escándalo…

—Pero, bueno, Elizabeth. Estamos en Nueva York. Ya no eres noticia.

—¿No?

Sonya se echó a reír.

—Nunca había oído a nadie tan contento después de dejar atrás sus quince minutos de gloria.

Elizabeth empezó a sentirse más segura.

—La verdad es que prefiero estar entre bastidores.

—De eso quería hablarte. Ahora que ya no trabajas para esa mujer, me gustaría contratarte para la gala. Tu propuesta me pareció original e inspiradora. ¿Puedes venir a verme mañana, para hablar de los detalles?

—Por supuesto.

Elizabeth se sintió esperanzada.

Al colgar el teléfono, hizo una lista de las cosas que debía hacer para montar su propio negocio. Tendría que utilizar el dinero que había intentado devolverle a Roark.

Llamó a la clínica de fertilidad para anular todas sus citas. Ya había aceptado que tendría que posponer la maternidad.

Pidió que le pasasen con Bridget Sullivan, la enfermera de su doctor, que siempre había sido muy amable con ella.

–Solo quería decirte que voy a anular todas mis citas.

–Por supuesto –le respondió Bridget–. Enhorabuena.

Elizabeth pensó que la otra mujer no sabía con quién estaba hablando.

–Bridget, soy Elizabeth Minerva.

–Qué casualidad, tenía tu informe aquí. Estaba a punto de llamarte.

–Pero me has dado la enhorabuena.

–Pensé que estarías encantada. Estás embarazada. ¿No era eso lo que querías?

–¿Embarazada? ¿Cómo voy a estar embarazada?

Bridget se echó a reír.

–Supongo que gracias a tu prometido. Debes de estar muy emocionada. Con un bebé en camino y una boda que organizar. Eres muy afortunada.

Elizabeth colgó el teléfono. En diez minutos se había convertido en empresaria y se había enterado de que estaba embarazada. ¿Y si no estaba preparada para lidiar con ambas cosas a la vez?

Y Roark. ¿Se enfadaría mucho cuando le contase que estaba embarazada? Era culpa suya, le había dicho que no podía quedarse. Iba a pensar que había querido engañarlo.

Tomó un taxi y fue al loft de Roark. Tenía que contarle aquello en persona.

Llamó a la puerta y le abrió una mujer joven,

muy bella, que estaba despeinada y parecía medio dormida.

–¿En qué puedo ayudarte? –le preguntó.

–Estoy buscando a Roark –dijo ella, sorprendida.

–No está –respondió la chica–. ¿Eres su amiga?

–Sí. Elizabeth Minerva.

–Yo soy Fadira. Me alegro de conocerte.

Aquella era la mujer a la que había querido salvar Darius. Elizabeth comprendió que estuviese fascinado con ella. Fadira era impresionante.

–¿Sabes dónde puede estar Roark?

–No lo sé, pero entra. Le preguntaremos a Darius.

La mujer abrió la puerta del todo y se giró.

–Cariño, ¿has hablado con Roark esta mañana?

Darius apareció y agarró a la chica por la cintura.

–Hola, Elizabeth. Veo que ya conoces a mi prometida.

–Enhorabuena –le dijo ella, con lágrimas en los ojos.

–Está buscando a Roark –le contó Fadira.

–Pensé que estaría aquí –dijo ella–. Siento molestar. Tenía que haber llamado antes de venir.

–No he sabido nada de él desde el sábado por la noche. ¿Estás preocupada por él?

–No. Quería contarle algo. ¿Sabes dónde puede estar?

–No. Lo siento.

Así que tendría que esperar un poco más.

Roark se sentó frente al escritorio de la habitación de su madre y, por primera vez, leyó en su diario lo que había escrito después de que se marchase con los marines. Había tardado dos días en atreverse y los había pasado recordándola.

Para su sorpresa, su madre no se había quedado destrozada cuando él se había ido. Se había sentido orgullosa de que hubiese decidido servir a su país, y había comprendido que necesitase dejar su propia huella en el mundo.

Si hubiese tenido el valor de despedirse de ella, no se habría sentido tan culpable todos esos años. Se habría marchado sabiendo que su madre solo le había deseado lo mejor.

Pero lo había hecho mal y le había hecho daño a su madre, lo mismo que a Elizabeth. Y todo porque creía que el amor era una trampa que debía evitar a cualquier precio.

Una obligación que interfería con su libertad.

Elizabeth no había intentado retenerlo y esos últimos días sin ella habían sido los más tristes de su vida.

–¿Roark? –le dijo esta desde la puerta–. Espero que no te parezca mal que la señora Myott me haya dejado pasar.

Llevaba un abrigo de lana gris oscuro y las mejillas sonrosadas del frío. Estaba en la puerta, como si le diese miedo no ser bien recibida.

El corazón se le encogió al verla.

–No me parece mal.

De hecho, le parecía estupendo. Incapaz de contener su alivio, atravesó la habitación y la abrazó, levantándola por el aire.

–¿Cómo has sabido dónde estaba?

Le dio dos vueltas y saboreó la paz que sentía siempre a su lado. En cuanto la dejó en el suelo, Elizabeth lo apartó.

–He pasado por el loft –le dijo, alejándose–. Darius me ha dicho que no había tenido noticias tuyas desde el sábado. No se me ocurría otro lugar donde buscarte. Y he conocido a Fadira. Me alegro mucho de que estén juntos.

–Le han echado la culpa de la cancelación de la boda al robo de la estatua –le contó Roark–. Lo que significa que la familia real de Rayas está más decidida que nunca a hacerse con el Corazón Dorado que Waverly's va a subastar. Ann necesita que le dé la estatua, pero todavía no he recuperado los documentos.

–¿Y qué vas a hacer?

–Entretener a Ann y recuperar la documentación. El hombre que la robó estará en las Bahamas dentro de una semana. Tengo que ir allí a por ella.

–¿Y cómo sabes que la va a tener?

–Tuve unas palabras con un conocido suyo en El Cairo.

–Y cuando recuperes los documentos, ¿qué ocurrirá?

–Que la reputación de Waverly's se salvará, la estatua saldrá a subasta y lucharemos con lo que Dalton Rothschild nos tenga preparado después.

Elizabeth parecía haberse quedado sin preguntas. Eso estaba bien. Roark también tenía alguna.

–¿Te gustaría venir conmigo?

–¿Adónde?

–Para empezar, a las Bahamas. Ya no tienes la excusa del trabajo para quedarte en Nueva York.

–No puedo marcharme.

–¿Por qué? No tienes nada que te retenga aquí.

–Es mi hogar.

–No te pido que te vayas a la otra punta del mundo, sino solo que pases un par de semanas conociendo lugares nuevos, conociendo gente nueva.

–¿Y si las semanas se convierten en un mes, o en seis? ¿Y si llega un momento en que no quiero dejarte?

–Pues no lo hagas –le respondió Roark, abrazándola de nuevo y dándole un beso.

Besarla era como volver a la primavera después de un largo y frío invierno. No había nada como tenerla entre sus brazos.

—Roark, tengo que contarte una cosa —le dijo ella, respirando con dificultad.

Él le mordisqueó el cuello y le quitó el abrigo.

—Soy todo oídos.

—No, eres todo manos —respondió ella mientras Roark le desabrochaba el sujetador.

—Y labios —añadió él, volviendo a besarla.

—Vas a querer parar en cuanto te diga lo que te tengo que decir —le advirtió ella.

—Nada podría quitarme las ganas de hacerte el amor.

—Estoy embarazada.

Roark se sintió feliz.

—Enhorabuena.

—¿Enhorabuena? —repitió ella sorprendida por su reacción.

—Era lo que querías, ¿no?

—Lo que yo quería. No lo que tú querías.

—Quiero que estés feliz. Lo estás, ¿no?

—¿Cómo es posible que un hombre tan inteligente pueda ser al mismo tiempo tan tonto?

Era sencillo, toda la sangre de la cabeza se le había bajado a la entrepierna.

—Siéntate aquí —le dijo Roark, golpeando sus muslos—. Y te lo explicaré.

—No me estás escuchando —le dijo ella—. Vas a ser padre.

Aquello era lo que Roark más había temido en toda su vida. Su libertad estaba en riesgo. Su carrera, para la que vivía, era demasiado peligrosa. La mujer a la que amaba, estaba atada a él para siempre. La vida nunca había sido tan perfecta.

La agarró de la muñeca y la sentó en su regazo.

–¿Te parece bien? –le preguntó después muy serio.

–¿Que si me parece bien? –repitió Elizabeth, mirándolo como si se hubiese vuelto loco–. ¿Y a ti?

–Me parece muy bien.

–Quiero que sepas que no espero nada de ti.

–Seguro que algo sí –le dijo él, mordisqueándole el lóbulo de la oreja para distraerla mientras le desabrochaba la blusa.

Ella sacudió la cabeza.

–Siempre había planeado ser madre soltera. No ha cambiado nada.

–No tienes trabajo –le dijo él, apoyando la mano en su vientre y maravillándose de que hubiese una vida creciendo en su interior–. Ni dinero.

–Sonya Fremont me ha ofrecido la gala. Y ya saldrán otros proyectos.

–¿Y de qué vas a vivir mientras tanto?

–Organizaré fiestas de cumpleaños para niños –dijo Elizabeth, haciendo una mueca–. O bodas si hace falta.

–Y acabarás agotada. Ahora tienes que pensar en el bebé.

–¿Acaso crees que no lo hago? –respondió ella, frunciendo el ceño.

–¿Has pensado en lo que ocurrirá cuando nazca? No vais a caber en tu apartamento.

–Todo irá bien –le aseguró ella–. No estoy preocupada.

–Pues yo sí. Llevo dos días aquí encerrado, pensando en ti. Es una pena que esta casa tan grande esté vacía, ¿no crees?

–Supongo que sí. ¿La vas a vender?

–Le prometí a la señora Myott que no lo haría.

–Entonces, ¿qué vas a hacer con ella?

–He pensado que a lo mejor te gustaría ocuparla.

Elizabeth se quedó boquiabierta.

–No podría. Es demasiado grande. Además, tú no estás aquí.

–Eso podría cambiar también.

–Dijiste que nunca vivirías en esta casa por los recuerdos que tienes de tu madre.

–Tal vez haya llegado el momento de crear nuevos recuerdos, no para borrar los de mi madre, sino para conseguir dejar de sentirme culpable por haberme marchado.

Elizabeth lo abrazó por el cuello.

–Me parece una idea estupenda.

–Entonces, ¿vendrás a vivir aquí conmigo?

–¿Contigo? Si tú nunca estás en Nueva York.

–En cuanto haya solucionado el tema del Corazón Dorado, pretendo quedarme aquí.

–¿Por cuánto tiempo?

–Todo el que tú quieras. No te puedes imaginar cómo te he echado de menos en El Cairo.

–Me alegro de que quieras formar parte de la vida de tu hijo.

–Quiero mucho más que eso –le aseguró Roark–. Cásate conmigo y prometo estar siempre ahí, para ti y para nuestros hijos.

–Oh, Roark. Es la cosa más perfecta que me han dicho en toda mi vida –respondió ella, abrazándolo de nuevo–, pero no puedo pedirte eso, eres un aventurero. Es tu pasión, lo que te hace feliz.

–Tú me haces feliz.

–Te quiero –le dijo Elizabeth–. No me había dado cuenta de lo vacía que estaba mi vida hasta que te conocí. A lo mejor necesitaba un poco de aventura.

–Pues yo estoy cansado de vivir al límite. A partir de ahora, toda la emoción que necesite me la daréis el bebé y tú.

Capítulo Trece

Elizabeth se apoyó en la barandilla de la terraza y observó al impresionante hombre que salía del agua.

Aquella era la tercera mañana que estaban en la isla.

—El agua está estupenda –anunció Roark–. ¿Por qué no vienes a bañarte?

—¿Y perderme las vistas?

—De cerca se me ve mejor –respondió él, agarrándola por la cintura y apretándola contra su cuerpo mojado.

Elizabeth se puso de puntillas y le dio un beso en los labios.

—Es verdad.

Estar casada con Roark era mucho mejor de lo que se había imaginado.

Se duchó con él e hicieron el amor por segunda vez esa mañana, y Elizabeth supo que era el mejor momento para terminar una conversación que habían empezado el día anterior.

—Tienes que llamar a Ann y contarle lo que te propones.

—Dijimos que no íbamos a hablar de trabajo durante nuestra luna de miel.

–Solo te pido que escuches los mensajes que te ha dejado.

–Está bien, pero no le devolveré la llamada a no ser que sea muy importante.

Ann le decía en los mensajes que estaba enfadada con él. No le habían permitido ir a Rayas y la estaban interrogando. Necesitaba que Roark volviese a Nueva York y necesitaba la estatua.

–¿Qué vas a hacer? –le preguntó Elizabeth, después de oír los mensajes con él.

–Lo mismo que iba a hacer antes de que Ann llamase. Tengo que recuperar los documentos de la estatua antes de que lleguen a manos de Rothschild. Es la única manera de demostrar que no es robada.

Tiró el teléfono encima de un sillón y tumbó a Elizabeth en la cama.

–Pero antes –murmuró–, voy a hacerle el amor a mi esposa.

Elizabeth sonrió.

–Apuesto a que jamás te habías imaginado que un día dirías algo así.

–Me di cuenta nada más verte.

–¿De verdad? Yo creo que me enamoré de ti cuando me tomaste la mano y me preguntaste si me gustaba jugar con ideas nuevas.

Él giró su mano y trazó la línea que había en ella.

–Estas curvas significan que eres romántica y apasionada.

Elizabeth se echó a reír.

–¿No querrás decir que soy una tonta en todo lo referido al amor?

–De eso nada. Eres una mujer decidida y segura de ti misma, capaz de hacer frente a situaciones inesperadas.

–¿Como la de estar casada contigo?

–Te prometo que no te aburrirás jamás.

Roark la acarició y ella se estiró para darle un beso en los labios.

–Eso no lo he dudado ni un instante.

En el Deseo titulado
Traición dorada,
de Barbara Dunlop,
podrás finalizar la serie
SUBASTAS DE SEDUCCIÓN

Deseo

La noche más salvaje
HEIDI RICE

Decirle a un hombre guapo y casi totalmente desconocido que iba a ser padre no era sencillo. La química inmediata que catapultó a Tess Tremaine a la noche más salvaje de su vida no iba a desaparecer tan fácilmente... y nadie le decía que no a Nate Graystone cuando este decidía tomar cartas en el asunto.

Tess quería convencerse de que sus hormonas desatadas eran la única razón por la que no podía mantener a Nate fuera de su cama y de su pensamiento... y por la que no se cansaba de desear que el hombre más inalcanzable que había conocido nunca le diera más y más.

¿Qué esperar con un embarazo inesperado?

¡YA EN TU PUNTO DE VENTA!

Acepte 2 de nuestras mejores novelas de amor GRATIS

¡Y reciba un regalo sorpresa!

Oferta especial de tiempo limitado

Rellene el cupón y envíelo a
Harlequin Reader Service®
3010 Walden Ave.
P.O. Box 1867
Buffalo, N.Y. 14240-1867

¡Sí! Por favor, envíeme 2 novelas de amor de Harlequin (1 Bianca® y 1 Deseo®) gratis, más el regalo sorpresa. Luego remítame 4 novelas nuevas todos los meses, las cuales recibiré mucho antes de que aparezcan en librerías, y factúrenme al bajo precio de $3,24 cada una, más $0,25 por envío e impuesto de ventas, si corresponde*. Este es el precio total, y es un ahorro de casi el 20% sobre el precio de portada. !Una oferta excelente! Entiendo que el hecho de aceptar estos libros y el regalo no me obliga en forma alguna a la compra de libros adicionales. Y también que puedo devolver cualquier envío y cancelar en cualquier momento. Aún si decido no comprar ningún otro libro de Harlequin, los 2 libros gratis y el regalo sorpresa son míos para siempre.

416 LBN DU7N

Nombre y apellido	(Por favor, letra de molde)
Dirección	Apartamento No.
Ciudad	Estado	Zona postal

Esta oferta se limita a un pedido por hogar y no está disponible para los subscriptores actuales de Deseo® y Bianca®.
*Los términos y precios quedan sujetos a cambios sin aviso previo. Impuestos de ventas aplican en N.Y.

SPN-03   ©2003 Harlequin Enterprises Limited

Bianca

Como futura reina, sabía que el deber siempre tenía un precio…

Para proteger a la princesa Ava de Veers, James Wolfe tenía que mantener la mente centrada en el trabajo. Tras haber compartido una noche de pasión con ella, Wolfe sabía exactamente lo voluntariosa, independiente, y sexy, que era. Pero tenía que olvidar sus sentimientos por Ava para cumplir su tarea.

Wolfe era el hombre más atrevido que Ava había conocido en su vida, y la volvía loca. Sin embargo, cuando el peligro que amenazaba su vida se hizo mayor, supo que era el único hombre en el que podía confiar y solo se sentía segura en sus brazos.

El guardaespaldas de la princesa

Michelle Conder

[01]

¡YA EN TU PUNTO DE VENTA!

Deseo

Un riesgo justificado

CHARLENE SANDS

Jackson Worth, vaquero y empresario, se despertó en Las Vegas con un problema. Sammie Gold, dueña de una tienda de botas, era su nueva socia y la única mujer que debería haber estado vedada para él. Sin embargo, la dulce Sammie tenía algo que le impedía quitársela de la cabeza. Trabajar con ella era una tortura, como lo eran también los recuerdos de su noche de pasión en Las Vegas.

Jackson Worth era un hombre muy guapo, pero completamente inalcanzable para ella. Si Sammie quería conseguir su final feliz, tendría que seducir de una vez por todas a aquel soltero empedernido...

Noche de pasión en Las Vegas
[10]

¡YA EN TU PUNTO DE VENTA!